PAS DE PITIÉ
POUR MARTIN

DU MÊME AUTEUR

MORT AVEUGLE, Grasset, 2002.
AU FIL DU RASOIR, Grasset, 2004.
À FROID, Grasset, 2005.
INDÉLÉBILE, Grasset, 2006.
SANS FOI NI LOI, Grasset, 2007.
TRIPTYQUE, Grasset, 2008.

KARIN SLAUGHTER

PAS DE PITIÉ POUR MARTIN

roman noir

traduit de l'anglais (États-Unis)
par
PIERRE DEMARTY

BERNARD GRASSET
PARIS

L'édition originale de cet ouvrage a été publiée par Century, en 2008, sous le titre :

MARTIN MISUNDERSTOOD

ISBN 978-2-246-752110

Pour Georgina, l'héroïne de l'ombre

Où l'on apprend comment Martin devint bien malgré lui quelqu'un d'intéressant

Martin Reed avait décrété depuis longtemps qu'il n'était pas né dans le bon corps. Comme son destin aurait été différent, se disait-il souvent, si seulement l'espèce de paquet de chair amorphe qui regardait dans le vide, sur la première photo de lui à la maternité, avait montré ne serait-ce qu'une once de potentiel. Mais non, il fallait croire que les dieux en avaient décidé autrement. Cette image de lui bébé, jailli du ventre de sa mère telle une otarie boursouflée, humide, lèvres roses entrouvertes, menton avachi dans le cou, et – pire que tout – les mots « Le petit ange de maman » gravés au-dessus de sa tête chauve et grisâtre, cette image devait le hanter toute sa vie.

Martin ne se berçait pourtant pas d'illusions. Il n'était pas persuadé, par exemple, que

George Clooney lui avait volé son vrai visage. Il ne se répandait pas en invectives amères et envieuses dès qu'il voyait Brad Pitt. Il se serait satisfait d'un physique quelconque, d'un corps normal, auquel les nombreuses heures qu'il passait sur sa machine Chuck Norris Total Gym auraient donné un semblant de relief musculaire, au lieu de repousser toute la graisse le long de ses flancs. Même un physique à la Will Ferrell lui aurait suffi. Mais la cruelle vérité, c'était que Martin ressemblait plutôt à Jodie Foster adolescente. Ajoutez à cela un menton inexistant, un nez recourbé, des épaules concaves, et son désarroi (comme celui de nombreuses jeunes femmes, la première fois qu'elles le rencontraient) devenait tragiquement compréhensible.

Son existence, comme on l'imaginerait du jumeau ingrat de Jodie Foster, était d'un pathétique achevé. Employé chez Super Sanitaires depuis seize ans, il s'était plus ou moins résigné à la vie provinciale de la bourgade de Géorgie où il était né. Les brutes dont il avait été le souffre-douleur au lycée étaient devenus ses crétins de collègues. La meneuse des pompom girls continuait à l'ignorer superbement – non plus sur le banc de touche d'un terrain de football mais derrière son bureau. Norton Shaw, sa bête noire du cours de géométrie, avait été promu chef de service de son département. Même le vigile n'avait pas changé ; c'était le même homme qui avait arpenté les couloirs du lycée Tucker, avant d'être licencié pour avoir harcelé l'une des serveuses de la cafétéria, crime dont, apparemment, la direction de Super Sanitaires se contrefichait.

Au fond, que la vie de Martin n'ait pas changé d'un iota depuis le lycée, cela n'avait rien que de très banal ; d'ailleurs, son existence était tout entière placée sous le signe de la banalité, et la normalité avait toujours été son inatteignable horizon. Sa taille, son poids, son intelligence, tout en lui était moyen ; mais alors pourquoi donnait-il à ce point l'impression d'être toujours en dessous de la moyenne ? Grâce au ciel, il avait tout de même quelques atouts : un boulot stable ; une Toyota dont il avait presque fini de rembourser les traites ; une connaissance approfondie de l'univers des produits sanitaires.

Martin, il faut lui accorder cela, avait bien essayé de changer. Lecteur avide, il avait d'abord cherché le salut dans les livres. Il avait épuisé toute la série des *Comment réussir à tous les âges de la vie.* Il était ressorti totalement déprimé de la lecture du *Pouvoir de la pensée positive.* Il avait découvert avec consternation qu'il avait plus en commun avec les créatures de Vénus qu'avec celles de Mars. Il était tombé sur *Le Secret du succès* à une période où les catastrophes s'étaient enchaînées : il avait attrapé un compère-loriot, s'était cassé la figure sur un escalator défectueux, et quelqu'un avait rayé la portière de sa voiture en y gravant le mot « trouduc ». Martin, confortablement installé, un gant tiède posé sur l'œil, avait ouvert le livre et découvert que tout cela était sa faute.

La mère de Martin était aussi peu satisfaite de son fils qu'il l'était lui-même – voire plus encore. Il lui arrivait souvent de le regarder, assis en face d'elle à la table du petit déjeuner (il vivait toujours chez elle, bien entendu), et de laisser tomber quelque commentaire désobligeant. « Dieu du ciel, j'ai l'impression que tu as encore perdu des cheveux pendant la nuit. » « Mon dieu mon dieu, regardez-moi toute cette graisse qui déborde par-dessus ta ceinture. » « Tu sais, il existe des femmes qu'on peut payer pour un moment de compagnie. »

A première vue, Evelyn Reed était l'essence même de la charmante vieille dame. Jusqu'au moment où elle ouvrait la bouche. Comme Martin, elle vivait un peu en retrait et avait du mal à se lier aux gens. Contrairement à Martin, elle en rejetait entièrement la faute sur les autres et n'y voyait pas le moins du monde la conséquence de sa détestable personnalité. La plupart du temps, son fils la considérait comme un abominable troll qui l'empêchait de s'épanouir et de mener une autre vie, plus trépidante. Parfois, quand il était d'humeur généreuse, il se disait que c'était juste une vieille dame qui, espérait-il, mourrait bientôt, lui laissant toute latitude pour mener cette nouvelle vie trépidante.

Les rêves de Martin se terminaient souvent sur cette heureuse image : sa mère disparaissait dans le néant le plus absolu. Tandis qu'il mangeait son sandwich dinde-bacon ou buvait son jus de pruneau, il imaginait qu'il était un personnage de fiction ; une espèce de comédie burlesque, pleine d'humour noir. Ses mots apparaîtraient entre guillemets ; ses pensées, en italique.

« Maman, pourrais-tu me passer le couteau à pain, s'il te plaît ? » *Et aurais-tu l'extrême obligeance de te le planter dans le cœur d'abord ?*

Evie Reed avait été belle, à une époque –

époque dont, étrangement, il ne subsistait aucune trace. Pas une seule photo n'avait immortalisé cette sublime beauté ; et il ne restait pas un seul témoin pour corroborer ses dires. On avait un peu de mal à la croire en la voyant à présent, avec son chignon gris et l'énorme verrue au milieu de son front qui faisait penser à une espèce de troisième œil velu. On n'avait guère d'autre choix que de la croire sur parole et de faire un effort pour se persuader que cette vieille dame maigrichonne, assise à lire son journal, ses jambes d'araignée fermement croisées, fumant comme un pompier et déversant des tombereaux d'insultes, avait été en des temps lointains la grande rivale de Jean Harlow. Elle était la « Mission Accomplie » de son époque.

« Laisse-moi te dire, Martin. » Evie fit glisser sa cigarette au coin de la bouche. Elle tressautait quand elle parlait, tandis qu'un fin serpentin de fumée s'échappait de sa narine droite. « J'étais à tomber par terre à mon époque.

— Je n'en doute pas. » *Et par « époque », tu veux sans doute dire l'ère mésozoïque.*

Elle renifla, comme si son odorat n'avait pas été désintégré par quarante ans de Kool Lights. « Tu n'as pas bu, n'est-ce pas ? »

Il prit une profonde inspiration, puis expira calmement avant de répondre. « Non, maman. Je n'ai pas bu. »

Comme il s'y était attendu, elle prit un air déçu. Ayant été récemment bannie du club des paroissiennes locales pour avoir provoqué un esclandre et juré en pleine réunion de l'Association des Bénévoles de l'Hôpital (« Comme si leurs crottes puaient moins que celles des autres ! »), elle s'était mise à consulter les petites annonces, à la recherche d'un nouveau groupe auquel s'intégrer. Elle était obsédée par l'idée de voir Martin tomber affreusement malade ou dépendant à une substance quelconque – légale ou pas –, ce qui lui aurait permis de s'inscrire dans un groupe d'entraide, de préférence pas trop loin de chez elle car elle avait interdiction de conduire de nuit. Depuis quelque temps, elle laissait ses médicaments bien en évidence sur la table de la cuisine, comme pour le tenter.

« Tiens, regarde, dit-elle en s'arrêtant sur une petite annonce. Il y a une réunion du PFLAG sur Lawrenceville Highway. » Elle leva les yeux vers son fils, le sourcil dressé et plein d'espoir.

Martin sentit son âme se dissoudre comme

une aspirine périmée au fond d'un verre d'eau boueuse. Le PFLAG était une association de soutien pour les parents de gays et lesbiennes.

« Ils disent qu'il y aura des boissons fraîches. » Ses yeux se mirent à pétiller. « Tu crois que ça veut dire qu'il y aura aussi à manger ? » Elle en gloussait d'excitation. « Je te parie qu'ils auront des biscuits à la cuiller. »

Martin alla puiser au plus profond de lui-même le peu de dignité qu'il lui restait. « Je ne suis pas homosexuel, maman. »

Elle rétorqua d'un regard incrédule.

« Non », dut-il insister.

Elle défroissa un pli de son journal d'un petit coup sec. « Comme tu voudras, fit-elle d'un air pincé. De toute façon, vu que ça doit bien faire dix ans que tu n'as pas tiré un coup, qu'est-ce que ça changerait ? »

Martin étala une mince couche de margarine sans cholestérol sur sa gaufre ; elle flottait en suspension sur les bords, comme de la vaseline sur un cadavre.

Pour quiconque ne connaissait pas les détails de la vie privée de Martin (et à vrai dire, hormis Evie, personne ne les connaissait), le fait qu'il sache à quoi ressemblait de la vaseline sur un cadavre aurait pu paraître étrange et nécessiter quelques explications ; mais Martin allait être en retard au travail, et il n'aimait pas penser à son père, car son esprit se perdait alors en infinies conjectures et suppositions qui, très vite, le plongeaient dans le désarroi.

Que se serait-il passé si son père avait été là durant son enfance et subi à sa place le harcèlement d'Evie ? Et si son père avait été là pour lui parler de la puberté – au lieu de quoi Evie lui avait balancé un flacon de crème lubrifiante en l'avertissant de ne pas en mettre partout sur le canapé ? Et si la mort de son père avait été classée comme accidentelle ?

Martin songea à tout cela en prenant sa mallette et ses clés de voiture sur le meuble de l'entrée. Il vérifia son nœud de cravate dans le miroir, le resserra, essaya d'ignorer les plis de son cou de poulet. En vain. Jetant un œil derrière lui pour s'assurer qu'Evie était toujours dans la cuisine, il se pinça et se tira la peau de chaque côté, remontant jusqu'aux oreilles pour la plaquer contre le haut de sa mâchoire. Il se regarda, se contempla sans son goitre, et se demanda si quelqu'un, un jour, arriverait jamais à voir, derrière ses mille et un défauts, le vrai Martin – l'âme généreuse, l'amoureux des livres, le comptable infaillible, doué d'un talent hors du commun pour démêler les complexités des données notariales.

« Tu es encore là ? » bêla sa mère.

Et toi, tu respires encore ?

« Je pars », répondit Martin, laissant tomber la peau de son cou qui reprit sa forme initiale, telle la gorge d'un pélican. Il fouilla dans la penderie, à la recherche d'une veste qui ne serait pas trop imprégnée par l'odeur de sa mère – subtil mélange de tabac et de parfum White Diamonds avec arrière-goût de munster moisi. Il les renifla une par une, choisit celle qui empestait le moins, et la boutonna en se regardant de profil dans le miroir.

Il n'était pas tout à fait honnête quand il prétendait ne rien envier, de près ou de loin, à George Clooney. La grâce et le charme de la star, ça, bien sûr, il ne pouvait les avoir ; mais grâce aux miracles de la chirurgie esthétique, il avait réussi à lui dérober son nez. Trois ans plus tôt, Martin s'était décidé à se le faire refaire ; l'étape suivante serait le menton. La rhinoplastie avait été un franc succès ; hélas, les réactions qu'elle suscita furent, elles, un désastre. Les collègues de Martin avaient été ses camarades de classe : ils connaissaient son nez depuis toujours. Et ce n'était pas pour rien que, depuis toujours, ils le surnommaient « le Bec ». Le fait que le bec en question ne fût soudain plus là semblait rendre le surnom encore plus approprié. Les moqueries avaient redoublé après qu'il eut enlevé ses pansements ; il n'avait cessé de leur répéter qu'il avait dû se faire opérer à cause d'une déviation du septum, mais personne ne l'avait cru. Inutile d'en rajouter dans le ridicule, après ça, en se faisant refaire le menton.

Mais à force de penser aux nombreux travers de son existence, Martin allait finir par être en retard au travail.

Il ferma la porte à clé derrière lui et descendit les marches du perron. Sa Toyota était garée devant la boîte aux lettres ; la rosée matinale faisait étinceler le « trouduc » gravé sur la portière droite. Son assureur – Ben Sabatini, l'un de ses principaux bourreaux au lycée – lui avait dit qu'il faudrait attendre un peu avant de pouvoir refaire la peinture ; la paperasserie prenait du temps. Martin avait comme l'impression que c'était Sabatini qui faisait exprès de prendre son temps.

Cet acte de vandalisme avait été commis la semaine précédente. Martin l'avait découvert en sortant de chez lui un matin, comme il était en train de le faire à présent. Le fou rire de sa mère lui résonnait encore aux oreilles.

L'agent de police qui avait pris sa déposition avait déclaré : « Manifestement, celui qui a fait ça vous connaît. »

Martin fit passer sa mallette dans son autre main en rejoignant sa voiture. Il commençait à pleuvoir ; de fines gouttes lui tombaient sur le bout du nez. Il jeta un coup d'œil aux fleurs du jardin – Evie, curieusement, était une excellente jardinière. La pelouse devant la maison était plantée de toutes sortes de fleurs exotiques. Avant d'être exclue de son club de jardinage, Evie avait été la championne régionale incontestée de la pivoine.

Martin sortit sa clé pour ouvrir la portière (il avait lu quelque part que les boîtiers de commande à distance provoquaient le cancer des testicules) et balança sa mallette sur la banquette arrière. Il était à moitié assis au volant quand il remarqua quelque chose d'anormal à l'avant de la voiture ; lentement, il fit le tour, et s'aperçut que le pare-chocs avait été presque entièrement arraché.

« Et merde », grommela-t-il. Il lança un bref regard du côté de la maison et crut voir les rideaux bouger aux fenêtres du salon. Le rire d'Evie se mit de nouveau à résonner dans sa tête. « Bien sûr que celui qui a fait ça le connaît, avait-elle dit à l'agent de police. Vous avez déjà rencontré plus trouduc que lui ? »

Il n'avait pas très envie de s'humilier une nouvelle fois en portant plainte, et Ben Sabatini ne répondait plus à ses appels sur l'affaire « trouduc ». Il n'y avait aucune raison d'espérer que ce serait différent cette fois-ci. Martin, des deux mains, se saisit du pare-chocs et le secoua dans tous les sens jusqu'à ce qu'il se décroche en se brisant en deux. Il le mit dans le coffre, et alors seulement remarqua le sang sur ses mains : de fines lignes droites, un peu comme des coupures de feuille de papier, lui entaillaient les paumes. Martin prit son mouchoir dans sa poche et s'essuya les mains. Pas besoin de lever les yeux pour savoir que sa mère était en train de l'observer.

S'il n'avait pas lu Tom Clancy peu après avoir relu *Vision fatale*, ce sang sur ses mains aurait pu lui rappeler que Jeffrey MacDonald, dans ce classique de la littérature policière inspiré d'une histoire vraie, avait été reconnu coupable du massacre de sa famille entière à partir des traces de sang retrouvées sur le lieu du crime. Au lieu de quoi les seules images qui traversèrent son esprit furent celles du héros de Clancy, Jack Ryan, assassinant le salopard sans doute ivre qui avait défoncé le pare-chocs avant de sa Toyota.

Martin regarda derrière son épaule, à l'affût d'un éventuel sniper, ouvrit la portière et grimpa derrière le volant.

Où l'on découvre l'indicible enfer qu'est la vie professionnelle de Martin

Super Sanitaires était, à sa création, une petite entreprise familiale; presque soixante ans plus tard, l'unique bâtiment en métal était devenu une grande usine moderne. A la fin des années 1990, une société allemande l'avait rachetée. Spreckels Reinigungsmittel und Papier était aussi une entreprise familiale, mais qui avait traité les nouveaux arrivants dans la famille à peu près aussi bien qu'Evie traitait Martin : en virant la moitié du personnel le lendemain de la signature du rachat. Les Allemands ne se déplaçaient presque jamais, mais ils envoyaient tous les jours des messages à Norton Shaw pour exiger, dans un anglais approximatif, de meilleurs résultats.

« Pourquoi est-il que le 2300 ne pas réaliser plus de ventes ? »

Il faut dire que les maxi-rouleaux de papier toilettes industriel n'étaient pas difficiles à vendre, mais les standards du Superrouleau 2300 n'étaient pas les mêmes que pour le Scott 500 ou pour la Rolls du papier hygiénique, le Georgia Pacific 2-92. Les utilisateurs du 2300 se plaignaient souvent de ce que le papier se désagrégeait beaucoup trop vite lors du premier essuyage, ce qui donnait lieu à d'innommables catastrophes par la suite... Les cobayes qui avaient accepté de tester le produit avaient abandonné en cours de route, renonçant à leurs 50 dollars de rémunération plutôt que de poursuivre cette peu hygiénique expérience. Aux commencements de l'ère du papier toilettes, ce n'était pas un problème ; personne ne s'était encore avisé que plus le papier était fin, plus il fallait utiliser de feuilles. Pendant de nombreuses années, Super Sanitaires en avait tiré de grands profits, mais le client avait fini par faire ses petits calculs : pourquoi payer 8 dollars un rouleau de papier de mauvaise qualité qui ne durait pas plus de 24 heures alors que pour 10 dollars on pouvait en avoir un qui dure deux jours ?

Même le personnel de Super Sanitaires n'utilisait pas les produits de leur entreprise –

Martin le savait bien, car son bureau était situé près des toilettes des femmes, et il les voyait souvent sortir leurs propres rouleaux de papier, sans vergogne, sous les yeux de la direction. Martin n'était pas un cafteur ; il n'avait jamais rien dit. D'ailleurs, il ne disait jamais rien sur beaucoup de choses qu'il voyait se passer au bureau – de quoi faire virer bon nombre de ses bourreaux. Tel était son destin et sa croix : Martin était trop bon.

Il ralentit en arrivant devant le portail. Le vigile, assis dans sa guérite, regardait les infos du matin. Martin sentit un effluve de marijuana en passant devant la fenêtre ouverte, mais il se força à regarder droit devant lui, cherchant un endroit où se garer parmi cette forêt de pick-up et de 4×4. Quand il avait acheté sa Toyota, quelqu'un l'avait comparée à une jeune fille débarquée dans une equipe de rugby.

Durant le trajet, ses mains avaient cessé de saigner. Il humecta un coin de son mouchoir, puis essuya les traces de sang sur le volant en similicuir. En vain. Il faudrait essayer avec du détachant spécial. Du Super Décap', peut-être ; il en prendrait un échantillon au bureau et nettoierait tout ça après le déjeuner.

« Le déjeuner », marmonna-t-il. Il avait oublié de prendre son casse-croûte.

Martin sortit de voiture, ferma la portière à clé. Puis l'ouvrit de nouveau : il avait oublié sa mallette à l'intérieur.

« Hé, le Bec ! »

Martin sentit ses épaules se contracter.

« Le Bec ! » Daryl Matheson saluait ainsi Martin tous les matins depuis le jour où il était arrivé en CP à l'école élémentaire Tucker. Après la mort de son père, Evie avait été obligée de déménager dans un coin de la ville un peu moins chic. Martin s'était imaginé que cette nouvelle école signifierait pour lui de nouvelles perspectives, de nouveaux amis, une popularité dont il n'aurait jamais pu rêver dans son ancienne école.

Martin s'était trompé.

« Le Bec ? Hé, le Bec ! Quoi de neuf ? »

Il continuerait jusqu'à ce que Martin réponde. Schéma classique, selon *Comment se débarrasser des cons en dix leçons*. Daryl ne cherchait pas ouvertement à susciter l'inimitié – cela l'aurait fait passer pour un sale type ; tant que Martin lui répondait, Daryl persisterait à croire qu'un homme de 36 ans vivant toujours chez sa mère adorait se faire appeler « le Bec ».

« Le Bec ? Le Bec, quoi de neuf ? Ça roule, mon vieux ?

— Salut Daryl », dit Martin. Daryl afficha un petit sourire satisfait et lui donna un coup de poing dans l'épaule – si fort que Martin en lâcha sa mallette. Tous ses papiers s'éparpillèrent. Il essaya tant bien que mal de les rattraper et de les remettre en ordre.

Daryl s'accroupit mais n'esquissa pas le moindre geste pour l'aider. « Tu as du sang sur les mains. »

Martin s'aperçut qu'il avait raison. Les entailles qu'il s'était faites en retirant le pare-chocs s'étaient rouvertes. Il voulut prendre son mouchoir, mais se rappela qu'il l'avait rangé dans la boîte à gants de sa voiture.

« Quel bazar », maugréa Martin en essayant de ranger ses feuilles sans mettre du sang partout. Il aperçut des graphiques, des camemberts – tout le travail accompli pour sa présentation au Grand Salon du Sanitaire soudain étalé au grand jour.

Daryl passa à un sujet plus intéressant. « Merde alors, mon vieux, quelqu'un a défoncé l'avant de ta caisse.

— Je sais.

— Il manque la moitié du pare-chocs.

— Je sais.

— Ça va te coûter bonbon. Encore plus que le “trouduc” sur ta portière. Hé, au fait, quand est-ce que tu vas te décider à la faire repeindre ? »

Martin sentit une de ses molaires bouger, tant il serrait la mâchoire.

« Le Bec ? » Daryl était accroupi devant le pare-chocs. Il était vêtu d’une salopette grise, son nom brodé en lettres rouges sur sa poitrine. Daryl travaillait à la chaîne de montage, comme contrôleur de qualité. Un flacon sur dix de Décap’Urine devait être testé. Huit heures par jour, cet homme attrapait des flacons et appuyait sur le pistolet à pompe jusqu’à ce qu’un jet de liquide bleu jaillisse, et pourtant c’était Martin – qui, lui, travaillait dans un bureau, en costume cravate – qui passait pour le minable.

« J’ai porté plainte, mentit-il en fourrant le reste de ses papiers dans sa mallette. La police prend très au sérieux ce genre de délits.

— Tu sais qui tu devrais appeler ? dit Daryl en se relevant en même temps que Martin. Ben Sabatini. Grâce à lui j’ai eu un plan royal pour mon pick-up. Tu te rappelles le jour où je l’avais éraflé contre un arbre ? Le lendemain, c'était réglé. Ils m'ont prêté un Chrysler 500 en attendant – bon sang, sacré bolide ! Ben s'est même démerdé pour que j'aie pas à payer la franchise. »

Martin resta planté là. Il ne savait pas quoi dire. « On devrait aller travailler.

— Ouais, admit Daryl. Dis-moi si tu veux le numéro de Ben. C'est le meilleur, je t'assure.

— Merci beaucoup », dit Martin en attrapant sa mallette, le poing si serré qu'il sentait la sueur glisser le long de ses doigts.

Daryl regarda la main de Martin. « Hé mon vieux, tu saignes encore.

— Oui oui, bredouilla Martin. Je vais m'en occuper. »

Les deux hommes se séparèrent – Daryl se dirigea vers l'entrée de l'usine, Martin vers le bâtiment administratif. Mais au lieu de se rendre à son bureau, il alla aux toilettes et se lava les mains, se demandant quel genre de maladies il risquait d'attraper avec ces plaies ouvertes. Les employés étaient censés nettoyer les lieux après leur passage – d'où la saleté de l'endroit, bien entendu.

Martin trouva un flacon de Décap' dans un placard à côté de la porte. Il en aspergea un peu dans une feuille de papier essuie-tout et essaya de nettoyer la poignée de sa mallette. Il vit avec horreur le similicuir commencer à partir. Il arrêta aussitôt de frotter, mais les composants chimiques continuaient d'agir et de grignoter le cuir jusqu'à révéler le plastique blanc en dessous – on aurait dit un cafard dévorant la chair d'un cadavre jusqu'à l'os. C'eût été un spectacle fascinant si seulement Martin n'avait pas payé cette mallette près de 300 dollars.

Il toucha d'un doigt prudent la tranche de la poignée en plastique ; elle était affûtée comme une lame, au point de s'enfoncer dans le gras de son doigt. Martin regarda, à nouveau, le sang couler de sa chair. A force de s'entailler comme ça, il allait finir par y passer...

Martin n'avait jamais su jurer, malgré l'excellent exemple de sa mère. Il pesta dans sa barbe en sortant des toilettes, et traversa l'usine, mallette plaquée des deux bras contre sa poitrine. Les machines ne tournaient pas encore ; il entendait l'écho de ses pas. Il fit un grand détour pour éviter Daryl, passa devant le rayon des poubelles pour serviettes hygiéniques Sani-Lady, et sortit par la porte de derrière.

Il y avait un petit cours d'eau derrière le bâtiment, de grands arbres ployant dans le vent. Durant ses premières années chez Super Sanitaires, Martin était souvent venu là faire une pause, s'isoler. Maintenant qu'il était interdit de fumer à l'intérieur, ce paisible refuge avait disparu. C'était là qu'ils venaient tous pendant la pause, à en juger par les milliers de mégots qui jonchaient le sol. Sur une table de pique-nique à moitié détruite, deux boîtes à café remplies à ras bord, là aussi, de mégots. Martin avait proposé, quelques semaines plus tôt, qu'une partie de cette zone soit réservée aux non-fumeurs. Suggestion qui n'avait suscité, comme il s'y était attendu, que des moqueries. Il leur avait rappelé que la boîte à suggestions était censée être anonyme, ce qui les avait fait rire de plus belle.

La benne à ordures débordait, d'habitude ; il fut donc surpris de voir qu'elle avait été vidée. Martin ouvrit sa mallette, en sortit son rapport, deux stylos, ses cartes de visite et un bloc-notes jaune, et posa le tout par terre. Il essaya d'ouvrir la porte en métal sur le côté de la benne, mais elle était tellement rouillée que c'était impossible. La benne faisait au moins trois mètres de haut. Martin regarda autour de lui, puis se hissa sur la pointe des pieds et lança la mallette. Elle redescendit aussi droit qu'elle était montée en l'air. Martin faillit se casser la figure en voulant éviter de la prendre sur la tête. Il jura et refit une tentative, en essayant de viser juste. Cette fois, la mallette atterrit à ses pieds, le coin ratatiné contre le bitume.

Figé sur place, mains sur les hanches, Martin sentit toute la misère du monde s'abattre sur ses épaules en contemplant sa mallette gisant à terre. Non seulement il s'était fait avoir en payant du vinyle au prix du vrai cuir ; mais il y avait aussi l'affaire « trouduc ». Et le pare-chocs. Et Daryl. Et le Bec. Et sa mère, avec son syndrome de Münchausen et son acharnement à vouloir un fils homosexuel.

Martin fila un coup de pied dans la mallette. Il ressentit un tel soulagement qu'il recommença. Bientôt, il sautait à pieds joints sur la mallette, l'explosant en mille morceaux. Puis il la ramassa, ou ce qu'il en restait, et la projeta plusieurs fois contre la benne, jusqu'à l'épuisement. Martin, plié en deux, hors d'haleine, suait comme un porc sous sa veste ; des filets de transpiration coulaient le long de son dos.

La porte s'ouvrit. Une employée de l'usine sortit, cigarette à la bouche, briquet à la main.

Ils n'avaient jamais été présentés, mais elle le connaissait assez pour lui demander : « Eh ben qu'est-ce que vous faites là ?

— Occupez-vous de vos oignons », grommela-t-il en ramassant les morceaux épars de la mallette. Il regarda la benne, mais n'osa pas retenter sa chance devant témoin. Il prit ses affaires, son rapport, puis contourna le bâtiment. Quelques minutes plus tard, il avait regagné sa voiture. Il déverrouilla le coffre et y jeta la mallette démantibulée à côté du pare-chocs. Martin leva les yeux. Ciel gris. Nuages. Deux tuiles lui étaient déjà tombées dessus, et il n'était même pas encore 9 heures. Quelle serait la troisième ?

Soudain, les nuages bougèrent, un rayon de soleil perça. Martin, aveuglé par la lumière, ferma les yeux. Le chant joyeux du Harlem Gospel Choir emplit ses oreilles : « *Lord, lift me up ! Take me hi-yi-yi-igher !* » Seigneur, soulève-moi ! Emmène-moi plus haut !

Puis les voix se turent brutalement au moment où la Monte Carlo noire qui venait de se garer à côté de la Toyota de Martin coupa son moteur.

« Qu'est-ce que tu fais, crétin ? » Unique Jones claqua sa portière, clés tintant dans une main, grand café au lait de chez Dunkin' Donuts dans l'autre. Son sac à main était gros comme une malle; l'anse s'enfonçait dans la chair de son épaule dénudée. Malgré la fraîcheur, elle portait une robe courte, orange vif, avec des chaussures assorties. Unique était une grosse femme noire, qui aimait faire ressortir la couleur de sa peau grâce à tout un attirail d'écharpes chamarrées et autres vernis à ongles fluo. Elle portait parfois un turban; ou alors elle laissait ses lourdes tresses pendre sur ses épaules. Depuis le jour où, pour la première fois, elle avait franchi le seuil du bâtiment, elle terrorisait Martin.

« Je... euh... euh... je, bredouilla-t-il.

— Allez ferme-la, matelot. On a du boulot. »

Elle lui parlait comme si elle était son patron, alors que c'était l'inverse. La seule fois où elle lui avait témoigné un tant soit peu de respect, c'était lors de son entretien d'embauche. « Ça se prononce avec un accent sur le "e" », l'avait-elle poliment repris. Martin avait regardé le formulaire où elle avait écrit son nom, Unique Jones, se demandant de quel « e » elle voulait parler. Il était confus. Était-ce un nom français ? Jo-*naise*, peut-être ?

« *You-ni-ké*, avait-elle explicité dans un

grand éclat de rire. T'inquiète, chéri, personne comprend ce nom au début, mais une fois qu'on le connaît, on l'oublie pas. »

Il lui avait souri, se disant que c'était la première fois qu'on l'appelait « chéri » sans apparente ironie.

Unique avait abandonné ses études au lycée, puis elle avait fait un mois d'école de secrétariat et deux mois de comptabilité. « J'ai appris tout ce que j'avais besoin d'apprendre. Tout est là-dedans », lui avait-elle dit en se tapotant la tempe, et Martin avait remarqué le symbole du dollar appliqué au vernis doré sur son index peinturluré en rouge.

« Nous allons voir beaucoup de candidats », lui avait-il dit, ce qui était on ne peut plus faux. Il avait réservé la salle de conférences des semaines à l'avance quand il avait publié la petite annonce, s'attendant à faire passer des entretiens à la chaîne. Il avait potassé son manuel, *L'Entretien d'embauche pour les nuls*, y glanant quelques questions pénétrantes, du genre : « Quels sont vos atouts ? », ou encore : « Si je demandais à vos proches de me citer vos défauts, que me répondraient-ils ? »

Le seul autre candidat, un homme, était arrivé avec une heure de retard et avait dit à

Martin en hurlant qu'il refuserait de se plier au diktat d'une horloge pointeuse; étrange revendication, puisque aucun employé de bureau ne devait pointer.

« Combien de candidats vous avez? avait demandé Unique.

— Eh bien, je... euh, avait balbutié Martin, la gorge nouée. Beaucoup. Beaucoup-plusieurs. » Il prononça ces mots comme s'ils étaient attachés, et elle avait plissé les yeux, comme si elle avait le pouvoir de lire dans ses pensées.

Elle avait secoué la tête avec fermeté. « Non non non. Vous allez me donner ce poste tout de suite. Je peux pas me permettre de rentrer chez moi et d'attendre votre coup de fil. J'ai d'autres choses à faire.

— Mais c'est que...

— A quelle heure je commence? Et me dites pas 8 heures, parce que figurez-vous que pour obtenir une beauté pareille, ça prend un certain temps le matin. Voyez ce que je veux dire? » Elle avait ramené ses tresses derrière son épaule; le bruit des perles nouées dans ses cheveux rappela à Martin le serpent à sonnette qu'il avait trouvé sous son lit, jadis, en classe verte. Bon, d'accord, c'était un serpent en plastique (ce dont il ne s'était hélas pas rendu compte avant de mettre en garde tout le campement contre la dangereuse créature), mais ces perles ne lui sifflaient pas moins aux oreilles.

Elle avait plongé la main au fond de son sac pour récupérer ses clés tandis que Martin essayait de lui expliquer que tous les employés devaient être à leur bureau à 8h30 précises. « Je vous revois vendredi, sur les coups de 9 heures, dit-elle en se levant. Faudra que je parte un peu tôt, par contre, vu que j'ai ma nièce qu'est de visite. Ok ? Allez, à plus. »

Elle était partie avant même qu'il puisse répondre, laissant derrière elle un cercle humide sur la table de conférences, là où elle avait posé son gobelet de café, et des effluves de son parfum – un écœurant mélange de bonbon, de Coca-Cola et de quelque chose de plus rance... Une odeur nauséabonde qui n'avait pas lâché Martin de la journée, et qu'il sentit de nouveau à présent, tandis que Unique traversait le parking.

« Tu vas faire enlever ce "trouduc" de ta voiture ? » demanda-t-elle.

Martin devait courir pour la suivre. Elle se déplaçait à une vitesse étonnante pour une femme de son gabarit.

« J'ai appelé les...

— Sabatini t'aidera pas, imbécile. Il riait tellement quand il a vu ça, j'ai cru qu'il allait faire dans son pantalon. »

Martin demeura silencieux. Ce dernier commentaire, se disait-il, était tout à fait inutile.

« Il faut que tu appelles son patron. »

Elle lui disait toujours ce qu'il devait faire. La plupart de ses phrases commençaient par « il faut que tu ». Et malheur à lui s'il s'avisait de lui dire à *elle* qu'elle devait faire ceci ou cela. Il était son supérieur, à tous points de vue, et pourtant c'était Unique qui contrôlait le bureau – elle s'en était emparée, apportant des plantes en pot, des bougies parfumées, des désodorisants, posant un peu partout des photos de son caniche.

D'accord, elle tapait sur un clavier d'ordinateur comme personne, sans presque jamais se tromper, mais enfin, comparé à lui, elle n'avait pas grand-chose à faire – estampiller et cataloguer tous les produits non liquides et les articles vendus en distributeur automatique n'était tout de même pas sorcier. Entre les granules antivomitives, ou les capotes ergonomiques, et les énormes commandes de papier toilettes ou les collections de lunettes de toilette dont Martin avait la responsabilité, c'était le jour et la nuit, comme il le disait souvent à Norton Shaw.

Mais surtout, l'attitude de Unique au bureau était déplorable. Dès qu'elle arrivait le matin, elle se collait son portable à une oreille et le téléphone professionnel à l'autre, et elle discutait avec sa sœur, qui travaillait dans une église, tout en écoutant les clients sur l'autre ligne. En même temps, ses ongles peinturlurés cliquetaient à toute vitesse sur son clavier comme un chihuahua détalant sur un sol carrelé, en cadence avec le roulement des perles de ses tresses. A peu près soixante fois par jour, elle se passait de la crème sur les mains, et parfois même sur les pieds. Une fois – une seule –, Martin lui avait poliment demandé de trouver un endroit plus approprié pour s'enduire, et elle avait hurlé : « J'y peux rien si j'ai la peau sèche ! » Fin du débat.

Sa poitrine opulente et son tour de taille non moins imposant l'obligeaient à de délicates manœuvres pour bouger autour de son bureau. Martin avait été intrigué, au début, par la façon dont elle alignait seins, ventre et bras pour parvenir à atteindre le clavier. Unique, qui avait pris cet élan de curiosité scientifique pour une démonstration d'obscénité éhontée, l'avait tancé : « Laisse tomber, chéri, t'as pas le permis pour un engin pareil ! » Puis il avait dû l'écouter raconter l'incident à sa sœur, dont le « Amen » tonitruant traversa toute la pièce.

Ce n'étaient pas là des incidents isolés, mais le quotidien de Martin. Il vivait dans la terreur qu'elle ouvre la bouche – ce qu'elle ne manquait jamais de faire, en général, dès qu'il y avait du monde et que ce n'était pas le moment. Il discutait avec l'un des contremaîtres de l'usine, par exemple, et elle s'écriait soudain : « Tu piges rien à ce qu'il raconte, imbécile ! » Ou alors Norton Shaw venait vérifier l'état des commandes, et elle hurlait : « Il a pas bien digéré de ce midi – on ferait mieux d'aller dehors, si vous voyez ce que je veux dire... »

Elle lui rappelait parfois la poupée Géraldine que sa mère lui avait achetée pour Noël quand il était petit. Moitié homme moitié femme, elle éructait de brèves sentences quand on tirait sur sa cordelette, du genre : « C'est le Diable qui m'a ensorcelée ! » ou bien « J'ai chaud aux fesses ! »

Mais le pire, sans doute – plus horripilant encore que de l'entendre se plaindre à sa sœur de ses douleurs menstruelles tout en se passant de la crème sur les pieds –, c'était qu'elle n'arrêtait pas de se mettre en avant. Le premier jour, Martin avait eu la mauvaise idée d'autoriser Unique à commander ses propres cartes de visite. En trois ans, son titre était passé de « assistante comptabilité » à « cadre comptabilité » puis à « responsable comptabilité ». Martin s'attendait à tout moment à la voir arborer un badge où on lirait : « Unique Jones, Directrice du Pôle Financier ».

Sur les cartes de Martin, on lisait un simple : « Comptabilité ». Il en avait commandé une boîte de mille, le jour de son embauche. Seize ans avaient passé depuis, et la boîte était toujours aux trois quarts pleine.

Unique s'était arrêtée devant la porte à la sortie du parking. « Ta maman t'a pas appris à ouvrir la porte pour les dames ? »

Martin s'exécuta sans rien dire ; une astucieuse repartie lui vint à l'esprit, mais Unique était déjà presque à son bureau au moment où il ouvrit la bouche pour répondre.

« Et cesse de marmonner, crétin », dit-elle en laissant tomber son sac à main sur son bureau. Puis elle s'assit. Le fauteuil émit un bruit semblable à celui de deux boules de billard qui s'entrechoquent.

Martin posa avec soin ses cartes de visite, ses stylos, son bloc-notes jaune et son rapport sur son bureau. Il s'installa dans son fauteuil, qui ne fit pas le moindre bruit, et alluma son ordinateur. Les premières années, chez Super Sanitaires, le seul appareil informatique était un IBM Selectric dont la moitié des touches étaient toujours coincées. Tous les registres de la comptabilité étaient tenus à la main. Par Martin. Les gars de l'usine allaient et venaient devant son bureau toute la journée, le saluant d'un petit signe de la main ou d'un sourire. Mr Cordwell, le patron, passait de temps en temps, lui parlait de ses parties de pêche ou de ses week-ends en famille au bord du lac. Martin hochait la tête, puis Mr Cordwell allait aux toilettes (on ne pouvait y accéder qu'en passant par le bureau de Martin), et, en ressortant, il jetait la feuille de papier avec lequel il s'était essuyé les mains dans la corbeille de Martin. Ah, l'époque Cordwell – c'était le bon temps. C'était avant que les Allemands débarquent et obligent Martin à embaucher une assistante. Après le départ du vieux patron, ce ne fut plus jamais la même chose.

Avant Unique, son bureau était contre le mur opposé, loin des toilettes (elle avait changé tout ça le premier jour). La vue était meilleure de ce côté-là : les fenêtres donnaient sur l'usine. On avait l'impression de faire partie d'une grande équipe. Parfois, Martin levait les yeux et les apercevait tous, debout à leur poste. « Ah ! se disait-il, mes collègues. » Désormais, il ne regardait plus jamais dans cette direction, de peur que Unique n'interprète son regard de travers et lui crie dessus : « N'y pense même pas, crétin. T'as pas assez de vocabulaire pour lire ce bouquin-là... »

Unique le toisait à présent. « Je t'ai posé une question, crétin.

— Quoi ? fit Martin, navré de se rendre compte qu'il s'était habitué à ce qu'elle l'appelle “crétin”, au point que lui-même finissait presque par le prendre pour son nom de famille.

— Je t'ai demandé où était Sandy. »

Martin jeta un coup d'œil par la fenêtre. Personne dans l'escalier qui menait aux bureaux de la direction. D'habitude, Sandy descendait faire un tour aux toilettes et papoter avec Unique avant de commencer à travailler. C'était bizarre qu'elle ne soit pas là, d'autant que l'épisode de *Danse Académie* diffusé la veille avait été particulièrement palpitant.

Unique haussa le cou. « C'est qui, ça ? »

Martin se demandait la même chose. Il entrevoyait un pied, en haut des marches. Baskets blanches. Bas noirs, jupe mi-courte beige. Mais à qui appartenait ce mollet ? A un mannequin ? Une représentante d'un distributeur de friandises ? Elle commença à descendre l'escalier, et il songea à ce merveilleux passage, dans *Gatsby le Magnifique*, où l'on rencontre Mrs Wilson pour la première fois... « *Trente-cinq ans environ, manifestement corpulente, mais elle supportait ce trop d'embonpoint avec une sensualité naturelle, comme savent le faire certaines femmes.* »

« Oh oh, dit Unique. Ça sent les embrouilles. »

« *Son visage n'avait ni éclat, ni trace de beauté, mais il émanait d'elle une énergie vitale qu'on percevait d'instinct, comme une braise sous la cendre, une tension de tout le corps prêt à s'enflammer.* »

« Un problème, crétin ? »

Martin se rendit compte qu'il était bouche bée.

« C'est la police », dit Unique.

Martin jeta un coup d'œil circulaire dans la pièce, regarda les cartons empilés jusqu'au plafond comme pour détecter si quelque chose avait été volé. Les bureaux de Super Sanitaires avaient déjà été pris pour cible. C'était en 1996, juste avant les Jeux olympiques d'Atlanta : des voyous avaient forcé la porte de derrière et recouvert le sol de l'usine de papier toilettes. Martin avait été le premier à découvrir la scène du crime. Il se souvenait encore du sentiment d'abjecte violation qu'il avait éprouvé en retirant les feuilles de rouleaux 2300 coincées dans les engrenages des machines. Était-ce de nouveau arrivé ? Qui avait osé s'en prendre à Super Sanitaires cette fois ? Quel scélérat avait enfreint le seuil sacré d'une petite entreprise américaine appartenant à un conglomérat international ?

La fille ne descendait pas l'escalier seule ; un homme la suivait – cheveux gris, épaules carrées, le genre de type à se mettre de l'eau de Cologne et à faire plein de sous-entendus soulignés par des clins d'œil. Norton Shaw fermait la marche, visage fermé comme un poing.

« Oh oh, répéta Unique. Norton a pas l'air content. »

Martin, debout, écumait de rage. Qui avait attaqué ce petit bureau tout simple ? Qu'avaient-ils fait cette fois ?

La porte s'ouvrit. La fille surgit, entourée

d'un halo de lumière. Ses cheveux blonds étaient trop permanentés – ou peut-être était-ce seulement le temps hivernal qui en avait abîmé les pointes. Sur son visage, de minuscules zones de peau desséchée ; au bord de sa narine droite, les dernières traces d'un petit bouton de fièvre. Elle était plus vieille qu'il ne l'avait pensé dans un premier temps, sans doute la fin de la quarantaine, ce qui, d'une certaine façon, la rendait encore plus belle (même enfant, Martin avait toujours été attiré par les femmes plus mûres). Elle avait ce je-ne-sais-quoi – une beauté intérieure, un air d'en savoir long – qui attirait le regard.

Elle jeta un œil alentour – les cartons empilés, les plantes en pot. L'homme derrière elle demanda : « C'est vous le trouduc ? »

Unique partit d'un énorme éclat de rire qui perça les tympans de Martin. « C'est lui, le crétin là-bas », dit-elle en pointant vers lui un de ses longs ongles peints en rouge.

Norton Shaw dévisagea Martin avant de tourner les talons et de remonter l'escalier, sans un mot.

La fille sortit un portefeuille de la poche de sa veste, l'ouvrit en deux et le brandit devant Martin : « Inspectrice Anabahda. »

Martin, n'ayant entendu qu'une série de sons confus, plissa les yeux pour déchiffrer le nom gravé sur son badge. Mais elle avait déjà refermé son portefeuille.

« Et voici mon coéquipier, l'inspecteur Bruce Benedict. »

Le type adressa un coup d'œil à Martin, mais il ne s'intéressait manifestement qu'à Unique. Il la dévorait du regard ; elle lui sourit, papillonnant presque des cils. Avec ses cheveux gominés en arrière, son costume chic et sa cravate en soie violette, il ressemblait à un personnage d'un polar de Stuart Woods, se disait Martin. Et il bougeait tel un héros woodsien – comme si toutes les femmes mouraient d'envie de se jeter à son cou.

« Vous êtes Martin Reed ? demanda Anabahda.

— Oui, dit-il en ajoutant aussitôt "Madame" pour lui montrer qu'il respectait son autorité. Est-ce à propos de ma voiture ? J'espère que vous avez attrapé le vandale qui a fait ça.

— Allons discuter ailleurs, nous serons mieux. Votre patron m'a dit que la salle de confé...

— Vous avez une carte ? l'interrompit Unique.

— Excusez-la, dit Martin en souriant à Anabahda, elle...

— C'est des inspecteurs, crétin. Ils envoient pas des inspecteurs pour des histoires de troudues et de voitures. Montrez voir votre carte », dit-elle à Benedict en claquant des doigts.

Ce dernier glissa un regard amusé à sa coéquipière en tendant sa carte à Unique.

« Brigade criminelle ! s'écria-t-elle en manquant tomber de son fauteuil. Martin, faut pas discuter avec les flics de la crim'. Mon cousin leur a parlé une fois, et ça lui a valu vingt ans derrière les barreaux !

— Comment s'appelle votre cousin ? » demanda Anabahda.

Unique se figea. Elle attrapa son sac à main. « Je crois que j'ai laissé le gaz allumé chez moi. » Elle déguerpit. Hormis quelques relents tenaces d'ail et de café au lait, c'était comme si elle n'avait jamais été là.

Martin déglutit. Il était seul avec elle à présent, à part Benedict. « Puis-je voir votre carte, s'il vous plaît ? »

Elle sortit une nouvelle fois son portefeuille et fouilla dedans. « Simple enquête de routine, Mr Reed. Vous n'avez aucune raison de vous inquiéter. »

Il prit sa carte ; un frisson lui parcourut tout le corps quand leurs doigts se frôlèrent. Martin remarqua qu'elle se rongeait les ongles, comme lui.

« Mr Reed ? »

Martin s'aperçut qu'il était en train de la dévisager. Il baissa la tête et lut la carte : Inspectrice Anther « An » Albada, Police criminelle. Non pas « Anne », ni « Ann », mais « An ». D'une simplicité stupéfiante, mais non sans charme. Et cet « Albada »... quel exotisme... quelle étrangeté... Il aurait voulu caresser les caractères gravés sur la carte pour voir si ce frisson se produirait de nouveau.

« Mr Reed ? » Elle était appuyée contre le bureau de Unique, bras croisés sur la poitrine. A son poignet, une Timex en or – sobre, efficace, comme sa propriétaire.

Elle avait l'air fatiguée. Martin l'imagina allongée près de lui, la tête posée sur ses genoux – et rougit aussitôt. Si elle lisait dans ses pensées, elle se dirait sûrement qu'une telle image avait une connotation sexuelle, ce qui n'était pas le cas ; il aurait simplement envie de lui caresser les cheveux en lui demandant comment s'était passée sa journée. Peut-être lui préparerait-il du poisson pané avec des galettes de pomme de terre (le repas préféré de Martin), puis, quand les enfants seraient rentrés de l'école, il les aiderait à faire leurs devoirs, et ensuite il monterait se coucher avec elle, et ils feraient l'amour passionnément, tendrement, et elle le regarderait dans les yeux et...

« Mr Reed ? »

Martin revint à lui. « Oui madame ?

— Pouvez-vous nous dire où vous étiez hier ?

— Au bureau.

— Après le travail, je voulais dire.

— J'ai emmené ma mère à son club de jardinage. Elle avait oublié sa truelle.

— Et ensuite ? »

Le visage de Martin devint cramoisi. Sa gorge se serra. Il avait raccompagné sa mère à la maison, puis il avait fait une chose horrible – si horrible que les mots n'arrivaient pas à sortir de sa bouche. C'était la première fois de sa vie que quelqu'un lui demandait ce qu'il avait fait la veille, et l'une des très rares fois où il avait fait quelque chose – mais il ne pouvait pas en parler. Du moins pas à cette merveilleuse, délicate jeune femme. Quelle ironie ! Quelle infortune !

Un bruit de chasse d'eau. Tout le monde

tourna la tête, surpris par le bruit. Daryl Matheson sortit des toilettes en remontant sa braguette : « Ah ! la vache, Marty, passe-moi le désodorisant, je viens de couler un de ces... » Il s'interrompit en voyant que Martin avait de la compagnie. « Qu'est-ce que la police fout ici ? »

Martin attrapa un aérosol de Chass'Odeur (l'un de leurs articles les plus populaires) dans le tiroir du bas de son bureau. « C'est au sujet de ma voiture, répondit-il. Tu pourras le dire à Ben Sabatini la prochaine fois que tu le verras. »

Daryl secoua l'aérosol et retourna aux toilettes. Il y avait un tel silence dans le bureau qu'ils entendirent le bruit de vaporisation, suivi d'une quinte de toux. Martin retint sa respiration (Super Sanitaires avait été assigné en justice par un consommateur affirmant que Chass'Odeur lui avait brûlé la paroi de l'œsophage au troisième degré) et sourit à An.

Daryl ressortit, chassant du revers de la main les émanations toxiques. « Merde, désolé les gars », fit-il d'une voix enrouée. Il toussa encore. Puis encore. Et encore. Martin lança un bref regard navré à An en tendant un Kleenex à Daryl.

« Bon Dieu ! » s'étouffait celui-ci. Il expectora à grands bruits, cracha dans le mouchoir puis le rendit à Martin. « Merci mon vieux. » Il s'essuya la bouche du revers de la main et s'adressa aux inspecteurs. « Z'êtes là à cause de tout ce sang sur sa voiture ? »

Soudain, le Chass'Odeur n'était plus l'unique cause d'asphyxie dans la pièce.

« Du sang sur sa voiture ? » fit An.

Daryl désigna Martin du menton. « Ce matin. Il en avait partout sur les mains aussi. Je me suis dit qu'il avait peut-être renversé un cerf ou un truc dans le genre ; y avait comme des poils sur le pare-chocs. » Il haussa les épaules. « Et puis Darla l'a vu un peu plus tard près de la benne à ordures en train de réduire en bouillie sa mallette. » Il se tourna vers Martin. « Faudrait peut-être que tu voies quelqu'un pour ce problème de nerfs, mon vieux. » Et sur ce, il partit.

Martin sentit sa bouche remuer, mais aucun son n'en sortait.

Benedict sortit de l'intérieur de sa veste une paire de menottes. « Martin Reed, je vous arrête pour le meurtre de Sandra Burke.

— Sandy ? » s'écria Martin en étirant le cou pour regarder du côté de l'escalier tandis que Benedict le retournait comme un sac de pommes de terre. C'était donc pour cela qu'elle n'était pas descendue discuter de *Danse Académie*? « Vous ne comprenez pas ! plaida Martin. Pourquoi ferais-je du mal à Sandy ? Pourquoi ferais-je du mal à qui que ce soit ?

— Mr Reed, dit An, faisons simple et réglons ça tout de suite, voulez-vous ? Dites-nous donc où vous étiez hier soir. »

Martin déglutit, le visage à nouveau empourpré. C'était atroce. Un cauchemar. Exactement la même chose que dans *L'Innocent* de John Grisham – un pauvre type, au mauvais endroit, au mauvais moment.

« Mr Reed ? »

Grisham était avocat. Il connaissait les procédures. Martin essaya de se remémorer les conseils juridiques qu'il avait pu lire ici et là dans les nombreux ouvrages du maître. *Le Client. Le Clandestin. L'Appel.* « Il me semble, déclara Martin, que j'ai le droit de garder le silence. »

Où l'on en apprend un peu plus sur l'insoupçonnable inspectrice An Albada

An observait Martin Reed derrière le miroir sans tain. Assis seul dans la salle d'interrogatoire, son visage grassouillet ratatiné en une boule de terreur, il ressemblait à Charlie Brown, avec ses mèches de cheveux au sommet de son crâne tout rond et ses poings serrés devant lui sur la table comme si Lucy lui avait encore joué un mauvais tour. Ces mêmes poings serrés qu'il avait montrés quand ils étaient entrés dans son bureau – ou du moins ce qu'il appelait son bureau. Aux yeux d'An, ça ressemblait plutôt à un débarras avec deux tables et les factures des quinze dernières années dans des cartons empilés du sol au plafond. Quant au fait que la comptabilité soit pour ainsi dire une annexe des toilettes, personne ne semblait s'en étonner outre mesure.

Bruce ouvrit la porte. « On n'a rien trouvé chez lui. »

An s'était doutée que fouiller la résidence Reed ne les avancerait pas à grand-chose.

« Sa mère est terrorisée et dit qu'il a un comportement étrange ces derniers temps. Elle se demande s'il n'aurait pas recommencé à boire.

— Recommencé ?

— Elle dit qu'il n'aime pas en parler. Doit être en désintox, fit Bruce en haussant les épaules (beaucoup de flics étaient dans la même situation). Cette bonne femme jure comme une charretière, soit dit en passant. Elle m'a sorti de ces trucs – même moi j'ai rougi. »

Venant d'un homme pour qui « connard » était un simple signe de ponctuation, c'était tout dire. An n'avait d'ailleurs rien à lui envier : elle-même n'hésitait pas à manier le juron et l'insulte à l'occasion, les prévenus tendant à être plus réceptifs aux menaces qu'aux plaisanteries.

« Tu devrais voir sa chambre, continua Bruce. Des bouquins partout, et d'autres dans le garage. Doit y en avoir des dizaines de milliers. Au moins. Ce type doit passer tout son temps à lire. »

An continuait de scruter Martin ; il ne lui

faisait pas l'impression d'un grand intellectuel.
« Quel genre de livres ?

— Des polars, surtout. James Patterson, Vince Flynn – ce genre de trucs. »

Ce n'était pas An qui allait le lui reprocher, elle qui refusait de décrocher le téléphone dès qu'un épisode de Columbo passait à la télé. Non pas que le téléphone sonnât souvent, d'ailleurs – et la plupart du temps, c'était tel ou tel institut de sondage qui la suppliait de donner son opinion sur tout et n'importe quoi.
« Sa mère lui a fourni un alibi pour hier soir ?

— Selon elle, il l'a accompagnée faire une course, puis ils sont rentrés, et ensuite il est sorti et elle ne l'a plus vu jusqu'à son réveil ce matin. »

An hocha la tête et réfléchit. Derrière le miroir, elle voyait les lèvres de Martin remuer : il marmonnait tout seul.

« Pauvre type », dit Bruce.

Difficile de le contredire, songea An ; mais ce pauvre type était-il un assassin ?

Bruce parut lire dans ses pensées. « On a trouvé le sang de Reed mélangé à celui de la victime sur le pare-chocs et dans le coffre.

— Tu as vu ses mains. Il a dit qu'il s'était coupé ; ça pourrait expliquer le sang.

— S'il est innocent, pourquoi nettoyer sa mallette avec de l'acide ?

— Il est peut-être plus fourbe qu'il n'en a l'air, concéda-t-elle.

— En tout cas, tu lui as tapé dans l'œil.

— Je t'en prie. » Anther ne tapait dans l'œil de personne ; sa beauté n'avait rien d'aveuglant.

« Écoute, tu pourrais le travailler sur ce terrain-là. Lui faire croire qu'il a une chance. Un pauvre type comme ça, le dernier minou qu'il a vu, c'est probablement celui par lequel il est né. »

An s'abstint de répondre. Elle était flic depuis près de vingt ans. Au début, elle se faisait un devoir de répliquer à toutes les remarques sexistes, toutes les blagues salaces de ses collègues (des hommes, pour la plupart). Elle n'y avait pas gagné grand-chose – à part une réputation de lesbienne. Lorsqu'elle avait farouchement démenti, ils lui avaient reproché d'avoir honte de ses orientations sexuelles. Et quand elle leur faisait remarquer qu'elle était mariée (c'était encore le cas, à l'époque), ils secouaient la tête d'un air triste, navrés par tant d'obstination et de déni face à l'évidence. Après des années de calomnie, An avait fini, pour se protéger et tout simplement pouvoir continuer à travailler, par se prêter au jeu des faux-semblants.

Faux-semblants. Façon élégante de dire mensonge. An n'était pas une menteuse. Son père haïssait le mensonge et lui avait très tôt appris que ce péché vous attirait des châtiments bien pires que la confession. Et voilà pourtant qu'elle s'était mise à mentir à cœur joie. Au point d'en avoir *vraiment* le cœur en joie – du moins quand elle se laissait elle-même aller à croire à ses propres histoires.

Voici ce qui s'était passé. C'était il y a quinze ans. Charlie, son mari, venait de décéder. Soudain, plus d'homme à la maison à qui préparer ses repas, laver son linge, repasser ses chemises. Une grosse affaire venait d'être résolue – un tueur d'enfants irait bientôt s'asseoir sur la chaise électrique. Tout le monde avait envie de fêter ça. An décida d'aller au bar habituel des flics au coin de la rue et de s'en jeter un avec ses collègues.

Ce fut une saoulerie générale, mais An tenait mieux l'alcool que les autres. Ou peut-être pas si bien que ça, après tout. Un type la dragua. Un deuxième lui dit qu'il perdait son temps. Un troisième la traita de gouine. Un quatrième déclara qu'elle était frigide. C'est peut-être ce mot, « frigide », qui déclencha tout, car c'était celui qu'employait Charlie quand elle refusait – on se demande bien pourquoi – de faire l'amour avec lui après qu'il l'avait battue.

Quoi qu'il en soit, c'est à ce moment-là qu'était née Jill.

Jill était infirmière puéricultrice. Une femme pleine de bonté et d'attentions. Qui venait d'apprendre qu'elle était atteinte d'un cancer du sein. C'était le grand amour d'An. Et elle était mourante. Ils étaient tous désolés. Plus personne ne dit rien.

Le lendemain matin, An se réveilla avec une migraine carabinée. Quand elle arriva au commissariat, ils étaient tous plongés dans un silence respectueux. Certains lui demandèrent des nouvelles de Jill. « Jill ? » répéta-t-elle, confuse, avant que la soirée arrosée de la veille et ses mensonges ne lui reviennent soudain en mémoire. Elle baissa la tête et murmura : « Pas envie d'en parler. » Puis elle alla s'enfermer aux toilettes, fit le ménage dans son sac à main, se lima les ongles, s'assoupit quelques instants, puis ressortit sous les regards pleins de commisération et de soutien de ses nouveaux amis.

Faire partie d'un groupe était un concept

inconnu pour An. Non pas qu'elle n'eût jamais eu d'amis, mais, en tant que fille d'immigrés hollandais, elle n'avait jamais vraiment trouvé sa place. L'été, quand la plupart des filles allaient en colo, elle partait en visite familiale dans la ville natale de ses ancêtres, Hindeloopen, charmante bourgade aux rues étroites et aux ponts de bois, où son accent et ses expressions américaines faisaient toujours lever quelques sourcils. Ses parents ne se débrouillaient guère mieux. Comme tant d'autres immigrés avant eux, ils étaient venus chercher des jours meilleurs en Amérique ; et comme tant d'autres, leur vie était restée exactement la même, à la seule différence qu'ils étaient désormais dans un autre pays. Ils allaient aux soirées organisées par l'Amicale américano-hollandaise. Ils buvaient de la Heineken et suçaient les pastilles de *honingdrop* que la famille restée au pays leur envoyait par la poste. La plupart de leurs amis n'avaient pas d'enfants ; tous expatriés et tous hollandais, à l'exception de quelques Norvégiens égarés là, qui restaient dans leur coin et discutaient entre eux.

Quand on entrait chez les Albada, on oubliait subitement qu'on était dans le sud des

États-Unis. La mère d'An, professeur d'arts plastiques, avait la passion du mélange des couleurs et des styles. Chaque pièce était décorée de rouges, de jaunes et de verts éclatants. La salle à manger était rehaussée d'un audacieux papier peint aux rayures bleues. Ils avaient fait venir de chez eux des armoires en bois gravées de motifs floraux et peintes à la main. Pour Halloween, madame Albada revêtait sa *wentke* en chintz et – pour faire plaisir à ses élèves – chaussait les sabots de bois qu'elle avait achetés dans une échoppe pour touristes à l'aéroport d'Amsterdam.

Le père d'An avait fait des études poussées, à la hollandaise, et insisté pour que sa fille fasse de même. Quand An n'étudiait pas, elle prenait des cours facultatifs ou aidait son père dans son laboratoire (Eduart Albada était botaniste pour l'État de Géorgie). Il avait une petite cabane au fond du jardin – que sa mère appelait sa *likhus*, du nom de ces petites maisons à Hindeloopen où résidaient les familles de marins – et An y passait des heures avec lui, le week-end, à observer ses grandes mains robustes s'affairant à greffer des plantes dans l'espoir de créer une tulipe plus résistante au climat imprévisible du Sud.

Ainsi fut l'enfance d'An, fille unique chérie de ses parents, sans guère d'amis de son âge. Elle ne s'était jamais sentie seule – du moins c'est ce qu'elle avait cru. Quand Jill était entrée dans sa vie, elle avait soudain compris dans quelle solitude elle avait jusqu'alors vécu. Même du temps de son mariage, elle sentait confusément qu'elle n'avait pas grand-chose à voir avec Charlie, qu'il ne la *voyait* pas vraiment quand elle entrait dans une pièce ou lui posait une question.

Mais tout cela avait changé. Tout était différent depuis ce jour où An était sortie des toilettes sous le regard bienveillant de ses pairs. Que s'était-il passé ? A quel moment Jill avait-elle cessé d'être une créature imaginaire pour entrer de manière si vivante et concrète dans l'existence d'An ? Elle ne s'était pas rendu compte, en se débarrassant des bouts de papier et des peluches au fond de son sac à main, que Jill avait fini par prendre les traits, dans son esprit, d'une personne bien réelle, en chair et en os.

Bon, d'accord, il faut avouer qu'An en avait fait des tonnes, au début. Elle avait pris des jours de congé sous prétexte qu'elle voulait être auprès de Jill pendant ses séances de traitement, alors qu'en vérité elle avait un peu mal au ventre et qu'il y avait une rétrospective John Wayne à la télé. Il y eut ensuite le jour où, suite à une panne de réveil, elle rata une réunion importante. Prétendre que Jill ne se sentait pas bien à cause de la chimio et qu'elle avait dû l'emmener chez le médecin n'était qu'un petit mensonge de rien du tout. Et puis quel intérêt au fond, toutes ces réunions idiotes ? Ils étaient flics. Pas besoin de palabrer des heures autour d'une table ronde dans les odeurs de moisi d'une salle de conférences pour savoir que leur mission était d'attraper les méchants.

Bien sûr, certains mensonges atteignirent une tout autre dimension, et furent plus difficiles à couvrir, comme la fois où An se paya une semaine de vacances en Floride, soi-disant pour aller consulter un éminent oncologue avec Jill. Certains, à son retour, remarquèrent son bronzage ; elle expliqua qu'elle avait tenu à rester avec Jill durant les séances de radiothérapie. Mais pouvait-on vraiment parler de mensonges ? Le lien qui l'unissait à Jill lui paraissait si réel. L'aspect sexuel de leur relation ne lui semblait guère intéressant (ni même concret – elle n'arrivait pas à concevoir ce que deux femmes pouvaient bien faire ensemble), mais elle aimait l'idée de ce couple, de cette intimité partagée avec un autre être humain.

Bref, elle était tombée amoureuse.

Au fil des mois, le mythe de Jill était peu à peu devenu réalité. An travaillait à la brigade criminelle depuis trois ans, mais personne ne lui avait adressé la parole avant l'apparition de Jill. Savoir qu'An avait une compagne gravement malade l'avait en quelque sorte rendue plus humaine aux yeux des hommes. Elle se fit des amis – des vrais, pour la vie. Deux d'entre eux avaient failli perdre leurs épouses d'un cancer du sein ; ils offrirent à An des livres sur la maladie et la rémission. Puis, un jour, ils vinrent tous faire cercle autour de son bureau et lui tendirent une feuille remplie de signatures ; An versa d'authentiques larmes quand elle vit que toute la brigade avait décidé de participer au Marathon contre le Cancer du Sein pour soutenir Jill.

C'est à ce moment-là qu'elle comprit que Jill devait mourir. An était allée trop loin : elle avait raconté tant d'histoires qu'elle ne s'y retrouvait plus elle-même. Le pire, c'était qu'ils voulaient tous rencontrer Jill. Ils voulaient tous la connaître enfin, cette femme si forte qui regardait la mort en face. Bizarrement, quand An avait fini par appeler au commissariat pour prévenir son patron que Jill était décédée (le jour de l'ouverture des soldes dans les grands magasins), l'émotion l'avait prise à la gorge et elle avait été obligée de raccrocher brutalement.

Mais ça ne s'était pas arrêté là. Il y eut les cartes de condoléances. Les fleurs. La veillée organisée dans ce même bar où la légende de Jill était née. Ils avaient levé leurs verres pour elle, en l'honneur de l'infirmière, de l'amie, de la compagne. Ils avaient chanté des chansons tristes et An leur avait raconté la fois où Jill avait sauvé un SDF coincé dans l'incendie d'un immeuble, ou encore cette habitude qu'elle avait de toujours mettre du dentifrice sur la brosse à dents d'An, même à la fin, quand elle était si mal en point qu'elle pouvait à peine lever la tête. Elle avait failli tromper Jill, une fois – leur avait-elle déjà raconté ? Il ne s'était rien passé, mais elles avaient traversé une sale période, qui au final, pensait An, avait rendu leur couple plus fort que jamais.

Pour couronner le tout, An avait choisi le prénom Jill à cause de Gillian Anderson, l'actrice vedette de la série *X-Files*. Ses beaux cheveux roux, son menton si fin, sa taille si mince – elle était tout ce à quoi An aurait aimé ressembler elle-même. Mais elle n'avait pas tardé à comprendre que modeler Jill d'après une personne réelle avait été une grave erreur. Parfois, An apercevait l'actrice à la télé, en promo ou dans une émission caritative, et sa gorge se serrait, comme si avait surgi devant elle un fantôme venu d'une époque plus heureuse et depuis longtemps révolue de son existence.

« Eh oh, fit Bruce. Y a quelqu'un ? »

An revint à elle et hocha la tête. Ils tournèrent à nouveau leurs regards vers Martin, qui murmurait toujours dans son coin.

« Dure journée pour toi, hein ? »

An hocha la tête une nouvelle fois. Bruce avait perdu sa mère d'un cancer du sein quand il était petit. Il avait offert des fleurs à An ce matin. Pour le cinquième anniversaire de la mort de Jill.

« Vous avez eu huit années merveilleuses ensemble, lui rappela Bruce. C'est plus que la majorité des gens.

— Oui, je sais. » An lutta contre la vague de tristesse qui monta en elle en même temps que les souvenirs imaginaires : Jill en train de lui masser les pieds ; Jill en train de lui préparer à dîner ; Jill en train de lui faire couler un bain. (Il faut bien reconnaître que, dans les fantasmes d'An, Jill jouait le plus souvent un rôle plutôt servile.)

« Je suis là pour toi, ma puce, continua Bruce en lui tapotant l'épaule. Tu sais ça, hein ? »

Sa main était chaude, et An se rappela furtivement cette folle nuit, six ans plus tôt, où pour une raison qu'elle-même ne s'expliquait pas bien elle avait succombé aux charmes pourtant limités de Bruce Benedict. Ils faisaient équipe sur une affaire difficile, et, pour dire la vérité, An était en manque. Les mains d'un homme ; sa force, sa chaleur, cette impression de laisser-aller entre ses bras experts. Quelle terrible bêtise d'avoir cru que cet homme pourrait être Bruce ! (Tous deux avaient juré de ne jamais en parler à Jill ; elle aurait eu le cœur brisé.)

Bruce soupira. « Franchement, An, je sais pas, mais ce type me fout les jetons. Ce n'est peut-être pas lui qui a fait ça, mais il est forcément coupable de quelque chose. »

Troisième hochement de tête. Elle était contente que l'attention soit à nouveau concentrée sur Martin Reed. Ce gras-du-bide était loin d'être idiot et connaissait la loi ; il avait déclaré qu'il ne leur parlerait qu'en présence de son avocat et qu'il ne signerait aucune déposition qui ne fût écrite de sa propre main. A quel petit jeu jouait-il ?

« Tu devrais t'en charger, dit Bruce. Moi j'ai rien pu tirer de lui dans la voiture. »

Martin lui avait sans doute paru insaisissable à force de mollesse – le gras de ses poignets comprimés par les menottes semblable à de la crème pâtissière débordant d'un beignet, avait dit Bruce.

An se mordilla la peau autour des ongles. Elle pensa à Sandra Burke, à son corps désarticulé abandonné dans un fossé d'évacuation au bord de la route. Le véhicule avait pulvérisé la pauvre fille. La tête écrabouillée par les pneus. La cervelle répandue sur la chaussée.

L'interphone grésilla derrière eux. Bruce appuya sur le bouton : « Oui ?

— L'avocat de Reed est là.

— J'arrive. »

Bruce ouvrit la porte, mais An l'arrêta : « Donne-moi deux minutes avec lui, dit-elle.

— Pas de problème.

— On a les photos de la scène du crime ?

— Le labo devrait les envoyer d'une minute à l'autre.

— Apporte-les quand tu feras entrer l'avocat. Je vais voir si j'arrive à quelque chose. »

Bruce sortit en laissant la porte valdinguer derrière lui. L'un des inconvénients à se faire passer pour une lesbienne était que les hommes ne vous tenaient plus jamais la porte.

An ramena ses cheveux en une vague queue-de-cheval en se dirigeant vers la salle d'interrogatoire. Par la petite vitre carrée encastrée dans la porte, elle aperçut Martin, toujours assis à la table, les poings toujours serrés. Quand elle entra, il se leva, comme s'ils étaient dans un film adapté de Jane Austen. Elle se serait presque attendue à ce qu'il la salue d'un « Si vous voulez bien vous donner la peine, gente dame », mais il resta planté là sans rien dire, les mains figées, ses yeux vert foncé plantés dans les siens.

« Je vous en prie, asseyez-vous, lui dit-elle en prenant place en face de lui. Votre avocat va arriver.

— Est-il expérimenté ? »

An, surprise par cette question, reconnut qu'elle n'en savait rien.

« Parce que souvent, expliqua Martin, les commis d'office n'ont pas beaucoup d'expérience. J'ai lu des trucs là-dessus – des affaires où des innocents se sont retrouvés avec des avocats aveugles, littéralement aveugles. Ou même des alcooliques, ou des types atteints de narcolepsie !

— Vraiment ?

— C'est très inquiétant. Beaucoup de livres ont été écrits sur le sujet. »

An n'avait jamais porté les avocats commis d'office dans son cœur, ce qui n'avait rien d'étonnant pour un flic. « D'après ce que j'ai pu voir, dit-elle, tout dépend de combien vous payez.

— C'est bien ce que je pensais. Merci pour votre franchise.

— Avez-vous quoi que ce soit à me dire, Mr Reed ?

— Pas tant que mon avocat n'est pas là. Ne le prenez pas mal, mais la situation est très grave pour moi. Savez-vous que je n'ai jamais eu ne serait-ce qu'une amende pour excès de vitesse ? Mais suis-je bête, bien sûr que vous le savez. Vous avez déjà vérifié mon dossier. Vous êtes en train de fouiller chez moi ? C'est pour cela que ça prend si longtemps ? Vous essayez d'obtenir un mandat de perquisition ?

— Et que trouverions-nous chez vous, Mr Reed ? »

Il bredouilla sa réponse, mais elle l'entendit distinctement : « Une femme de soixante-trois ans très énervée.

— D'après votre mère, dit An, vous êtes alcoolique.

— Ça, elle aimerait bien ! » s'exclama Martin en postillonnant.

An regarda les mains de Martin, serrées l'une contre l'autre sur la table, comprimées par les menottes. Bruce avait raison : de la crème pâtissière. « Donnez-moi vos mains », dit-elle en sortant son trousseau de clés. Elle essaya de ne pas le toucher en lui enlevant les menottes. En vain. Il avait la peau si moite qu'elle en eut la nausée.

« Merci, dit-il en se frottant les poignets pour faire circuler le sang. Albada – c'est allemand ?

— Hollandais.

— *Scusi*, dit-il avec un accent forcé.

— Ça c'est de l'italien.

— *Si*.

— Toujours de l'italien. »

Il cligna des yeux plusieurs fois.

An soupira. « Dites-moi donc où vous étiez hier soir.

— Je vous l'ai dit, j'ai emmené ma mère récupérer sa truelle.

— Êtes-vous au courant que votre mère est sous le coup d'une injonction judiciaire après une plainte déposée par le Club des Amateurs de Pivoines de Lawrenceville ?

— Ce n'était qu'un malentendu, fit-il en déglutissant à grand-peine.

— Et les Bénévoles de l'Hôpital ? »

Sa bouche s'entrouvrit de stupeur. « Eux aussi ils ont porté plainte ?

— Votre mère ne vous l'avait pas dit ? »

Il secoua la tête d'un air paniqué.

« D'après eux, c'est quelqu'un de violent.

— Ma mère n'est pas violente. Juste... intimidante. »

Une mère intimidante. Voilà qui était intéressant. « Vous a-t-elle déjà frappé ?

— Elle m'a lancé sa chaussure à la figure, une fois, mais c'est parce que je regardais la télé avec un casque. Ces écouteurs sans fil, vous voyez ? Ils faisaient parasite avec son sonotone.

— Et donc elle vous a lancé sa chaussure à la figure ?

— Seulement pour attirer mon attention. » A l'entendre, c'était la chose la plus naturelle du monde. « Mais qu'est-ce que ma mère a à voir avec tout ça ?

— Je suis inspectrice, Mr Reed. Je rassemble des indices. Et ce que je vois en face de moi, c'est un homme qui vient d'un foyer violent. Un homme dont la voiture est maculée de sang – le sang d'une jeune femme morte.

— Oui, d'accord, ça, je le reconnais, ça ne fait pas très bon effet.

— Je ne vous le fais pas dire.

— J'imagine que je suis le suspect idéal, n'est-ce pas ? Un type qui vit seul avec sa mère. Surdiplômé, sous-employé. Oh ! mais n'allez pas croire que je sois un assassin brouillon. Je suis quelqu'un de très organisé. Demandez à ma collègue, Unique Jones. Ma maniaquerie lui inspire toujours plein de commentaires. »

Interroger Unique Jones ? An ne demandait que ça. Elle était sous contrôle judiciaire pour vol à l'étalage. L'adresse qu'elle avait donnée à ses employeurs de Super Sanitaires était un local désaffecté. « Vous êtes un assassin, Mr Reed ?

— Non, bien sûr que non ! s'exclama-t-il, à nouveau outré. Je vous ai déjà dit ce qui m'est arrivé avec ma voiture ce matin, comment je me suis coupé. Je suis la victime. Quelqu'un essaie de me piéger.

— Pourquoi voudrait-on vous piéger ?

— Telle est la question ! triompha-t-il en tapant de l'index sur la table comme si elle avait apporté le point final à sa démonstration.

— Où étiez-vous hier soir, Mr Reed ? »

Il regarda ses mains. Les traces rouges des menottes étaient toujours visibles. Elle vit la curieuse ligne violette qui courait le long de son pouce ; elle l'avait déjà remarquée durant le trajet jusqu'au commissariat. Il avait bafouillé quelque chose à propos d'un accident industriel.

« "Anther", c'est hollandais aussi ? demanda-t-il.

— C'est la partie de la fleur qui produit le pollen. » Elle se renfonça dans sa chaise, accablée de fatigue. « Mon père était botaniste. Il aurait voulu un garçon. »

Martin cligna des yeux, l'air de ne pas comprendre.

Bon, d'accord, ce n'était pas sa meilleure blague, mais elle ne pouvait tout de même pas être aussi nulle que le suggérait la réaction de Martin. Lequel, il est vrai, était assis dans une salle d'interrogatoire, passé au gril au sujet de son implication dans un meurtre atroce ; peut-être ne fallait-il pas lui en demander trop.

L'une des raisons pour lesquelles Charlie, paix à son âme, était si souvent furieux contre An, c'était qu'il ne comprenait pas son sens de l'humour. Il lui reprochait de jouer la maligne et l'accusait de prendre de grands airs parce qu'elle avait fait plus d'études que lui (une licence en histoire de l'art, ce n'était pourtant pas le prix Nobel). Il commençait tout doux, comme ces vieilles sirènes d'alarme qu'on remontait à la main, et plus la conversation s'envenimait, plus il criait, jusqu'au moment où il se retrouvait à califourchon au-dessus d'elle, hurlant et la rouant de coups – mais jamais au visage.

C'était plutôt embarrassant d'être une jeune femme de vingt-trois ans préposée au maintien de l'ordre, armée et portant l'uniforme tous les jours, et de se faire démolir presque chaque soir à la maison. Elle n'avait jamais rendu les coups, même si Charlie ne l'aurait pas volé. Elle n'y pouvait rien, tout en elle faisait penser à une victime. Et puis, elle voyait de si nombreux cas de violence conjugale au travail qu'elle avait fini par trouver ça banal. Au début de sa carrière dans la police, une fois sur deux, quand elle était envoyée en mission, c'était parce qu'un type avait bu un coup de trop et s'était défoulé sur une femme. Elle écoutait leurs protestations d'amour et leurs excuses jusqu'à en bayer aux corneilles, puis elle rentrait chez elle et Charlie lui tapait dessus.

C'était vraiment un sacré coup de chance qu'il se soit fracassé le crâne en glissant dans la baignoire. Quand An l'avait découvert, inerte, la seule question qu'elle s'était posée, c'était si oui ou non elle devait laisser couler l'eau pendant qu'il se vidait de son sang. En fille de bonne famille hollandaise, elle savait qu'il ne fallait pas gâcher l'eau. Elle avait fermé le robinet, puis était allée regarder *La Roue de la fortune* à la télé.

C'était l'époque où, dans les règles du jeu, on pouvait acheter divers articles ménagers avec ses gains. An se souvenait encore de la candidate qui avait gagné, ce soir-là. Sur l'écran défilaient mille et un produits exotiques et onéreux, tandis qu'une deuxième caméra filmait le visage surexcité de la grande gagnante à mesure qu'elle annonçait ses choix. « Je prends l'ensemble four cuisinière et machine à raclette pour 595 dollars et le buffet assorti pour 350 ! » Il restait toujours deux ou trois cents dollars en rab, et l'heureux candidat repartait invariablement avec le lévrier afghan en céramique blanc. An avait toujours rêvé de posséder l'un de ces lévriers. Jusqu'à présent, elle n'en avait trouvé dans aucune boutique. C'était le genre de cadeau que Jill lui aurait fait si elle avait eu la force de sortir de son lit (même si elles n'avaient pas beaucoup d'argent – les indemnités maladie que l'hôpital versait à Jill suffisaient à peine à couvrir sa part des remboursements de leur emprunt immobilier).

Bruce entra dans la pièce tout en frappant à la porte, une chemise à la main. Les photos de la scène du crime. Il posa les documents sur la table et les fit glisser vers An, tandis qu'un garçon âgé d'environ douze ans, en costume cravate, entrait à sa suite.

L'avocat commis d'office n'avait sans doute pas douze ans, mais il n'en paraissait guère plus. La semelle de ses chaussures couinait. An remarqua une zone humide au sommet de son crâne, où il avait dû aplatir un épi rebelle. L'étiquette de la marque était encore cousue sur la manche de sa veste.

« Max Jergens », se présenta-t-il, et An faillit exploser de rire. Un tel nom, se dit-elle, aurait mieux convenu à une star du porno connue pour son énoooorme talent. Elle ne put s'empêcher de jeter un furtif coup d'œil du côté de la braguette de Jergens. Lequel s'en rendit compte, bien évidemment. Un sourire se dessina sur ses lèvres.

An s'efforça de rester professionnelle et de lever les yeux en se présentant à son tour : « Inspectrice An Albada. Nous avons quelques questions à poser à votre client en lien avec la mort d'une de ses collègues, Sandra Burke. »

Il posa sa mallette sur la table, l'ouvrit, sortit un bloc-notes, ferma la mallette, la reposa par terre, s'assit à la table, prit un stylo dans la poche poitrine de sa veste, dévissa le capuchon, fixa le capuchon à l'autre extrémité du stylo, puis écrivit le mot : « Anabada ».

« J'ai fait la même erreur », dit Martin en prenant le stylo de son avocat pour rayer le mot et mettre dessous, d'une écriture toute en rondeurs, semblable à celle d'une jeune adolescente, « Inspectrice Anther Albada ». Il traça même un petit cercle à la place du point sur le « i ».

Bruce ricana derrière An. Elle n'eut pas besoin de se retourner pour deviner qu'il se tenait bras croisés sur la poitrine et toisait Martin d'un air narquois.

« Quelles preuves avez-vous contre mon client ? demanda Jergens.

— C'est idiot, vraiment..., commença Martin avant que An ne le coupe d'un regard indiquant clairement que la question ne s'adressait pas à lui.

— Nous avons retrouvé des traces de sang sur la voiture de Mr Reed, enchaîna-t-elle, le sien mêlé à celui de la victime. Tout indique que c'est le véhicule de Mr Reed qui a renversé Mlle Burke.

— Je me suis coupé, intervint Martin dont le visage était devenu un ton encore plus pâle. Le pare-chocs de la voiture était à moitié arraché et je me suis blessé en voulant l'enlever. » Il montra ses paumes et elle vit la trace en zigzag de fines coupures. Ils avaient pris des photos de ses blessures à son arrivée au poste, et An s'était dit – comme elle se le disait à présent – que si Sandra Burke avait été assassinée par un coupe-papier, l'affaire aurait été d'ores et déjà pliée.

« Où a-t-on trouvé le cadavre ? demanda Jergens.

— A moins d'un kilomètre du lieu de travail de Mr Reed, sur la route qu'il emprunte chaque jour pour aller au bureau.

— Ah bon ? fit Jergens d'un air surpris.

— Nous pensons qu'il a ramené sa mère à la

maison, puis qu'il est parti à la recherche de la femme qui l'avait humilié deux jours plus tôt. »
An regardait Martin en retraçant ce scénario. Il ne lui faisait pas l'effet d'un homme transi de haine ; mais elle-même avait eu pendant huit ans une amie imaginaire sans que personne ne se rende compte de rien, alors comment être sûr ?

« A-t-il un alibi ? demanda Jergens.

— Non.

— Aïe », fit l'avocat en grimaçant. Il baissa les yeux sur son bloc-notes, où il avait entouré au stylo le nom d'An. Quand il vit qu'elle avait remarqué, il lui adressa un clin d'œil et dessina un cœur à côté de son nom.

« Êtes-vous narcoleptique ? demanda Martin à son avocat.

— Hélas non », soupira Jergens.

An ouvrit la chemise que Bruce lui avait remise en la tenant de biais pour que Martin et son avocat prépubère ne puissent rien voir. Les images étaient crues, violentes. Sandy n'avait pas seulement été renversée par une voiture. Des ecchymoses sur tout le corps indiquaient qu'elle avait été frappée à plusieurs reprises. Peut-être avec un bout de bois ou un objet à bout carré, avait hasardé le légiste sur les lieux du crime. Quand An, en ouvrant le coffre de la Toyota de Martin, avait aperçu la mallette défoncée, elle l'avait aussitôt ajoutée à la liste des armes du crime possibles.

Le légiste n'avait eu aucun mal à reconstituer la scène : la voiture avait servi à mettre la victime KO, et c'étaient les coups, ensuite, qui avaient provoqué la mort. Puis l'assassin était remonté dans sa voiture et avait roulé sur la tête de la jeune femme. Puis sur son torse. Puis à nouveau sur sa tête.

An devait bien admettre – quoique en silence, évidemment – qu'elle avait du mal à ressentir de la compassion à l'égard de la victime. Sandra Burke était mère de deux enfants qui avaient été élevés par la DDASS, elle avait eu des problèmes de drogue et d'alcool, et elle avait été arrêtée pour avoir menacé l'un de ses voisins âgés afin de lui extorquer dix dollars pour acheter des cigarettes. Rien de tout cela n'était dramatique en soi – ce n'était pas la première fois qu'An avait affaire au meurtre brutal d'une mère indigne et alcoolique –, mais il y avait une chose en particulier chez Sandra Burke qui mettait An hors d'elle : c'était une piètre ménagère. Elle avait laissé ses assiettes dans l'évier depuis si longtemps qu'elles avaient commencé à se couvrir de moisissures. Était-ce donc si difficile de les mettre au lave-vaisselle ? Et est-ce que ça l'aurait tuée de passer un coup d'aspirateur de temps en temps sur la moquette dans l'entrée ? L'aspirateur était là, dans le placard juste à côté, bonté divine !

« Excusez-moi ? » dit Martin.

An se rendit compte qu'elle était restée trop longtemps silencieuse. Elle s'éclaircit la gorge, essaya de ne pas penser à la vaisselle sale et de voir en Sandra Burke un être humain plutôt qu'une ignoble souillon. « Mr Reed, avez-vous jamais frappé une femme ?

— Bien sûr que non ! s'exclama-t-il offusqué. Les hommes sont plus forts que les femmes ; ce serait injuste.

— Faut que tu sois seul, bien tranquille avec elles pour pouvoir les tabasser, hein, mon petit Martin ? C'est ça ? railla Bruce avant de plaquer violemment ses mains sur la table et de hausser la voix. Raconte-nous ce qui s'est passé, Martin ! Dis-nous la vérité ! Tu as dragué Susan et elle t'a dit d'aller te faire foutre ! C'est ça, n'est-ce pas ? »

Martin et An échangèrent un regard. Il corrigea Bruce d'une voix douce : « Elle s'appelle Sandy. »

Jergens raya le mot « Susan » sur son bloc-notes et écrivit en dessous : « Sandi ».

An sentait une migraine carabinée lui remonter de la nuque jusqu'à l'occiput. « Mr Reed, demanda-t-elle, où êtes-vous allé hier soir après avoir ramené votre mère à la maison ?

— Je suis juste allé faire un tour en voiture, marmonna-t-il.

— Plus fort, on n'entend rien, l'admonesta Bruce.

— J'ai dit que j'étais juste allé faire un tour en voiture, répéta Martin. C'est n'importe quoi, toute cette histoire. Pourquoi aurais-je fait du mal à Sandy ? »

An donna un coup de pied à Bruce sous la table pour lui faire comprendre de reculer. « Selon vos collègues, dit-elle à Martin, Sandy vous chambrait pas mal...

— Pas du tout. Enfin, pas de manière irrespectueuse. Pas par cruauté, je veux dire. Enfin si, peut-être que c'était un peu cruel, mais pas méchant...

— Avant-hier, elle a allumé le haut-parleur et vous a traité, je cite, de "p'tite bite", puis elle a collé un godemiché géant à la Super Glue sur votre bureau. »

Martin se racla la gorge. « Euh, oui, il lui arrive d'être facétieuse.

— On dirait, oui.

— Et Sandy sait bien qu'on peut enlever de la Super Glue avec du Décap'Tout. C'est l'un des produits phares de Super Sanitaires. Bon sang, c'est même elle qui a lancé la ligne de produits "Décap" ! »

An s'efforça de ne pas imaginer Martin en train de décoller un godemiché de son bureau avec du dissolvant. « Certaines employées à qui nous avons parlé ont affirmé que vous les écoutez uriner quand elles vont aux toilettes.

— Ça mon vieux, c'est dégueulasse, intervint Jergens.

— Mon bureau est juste à côté des toilettes, expliqua Martin. Ce n'est pas que j'écoute, c'est que je n'ai pas le choix.

— Bien sûr, bien sûr », fit Jergens avant de retourner à ses gribouillages. An vit qu'il avait dessiné une potence, avec un gros lapin étranglé dans le nœud coulant de la corde.

« Mr Reed, poursuivit An, éclaircissons cette affaire une bonne fois pour toutes : dites-nous où vous étiez hier soir.

— Mais je vous l'ai dit, j'ai fait un tour en

voiture. Je suis rentré à 20 heures – il y avait une émission à la télé que je ne voulais pas manquer.

— Laquelle ? » demanda Jergens.

Martin baissa les yeux, rougit et balbutia quelques borborygmes inintelligibles.

« Quoi ? » demandèrent à l'unisson An, Bruce et Jergens.

Martin releva la tête et se ratatina dans sa chaise. « *Danse Académie.* »

Jergens et Bruce échangèrent un regard puis pouffèrent de rire. « Et vous avez regardé avec votre môman ? »

An toisa l'avocat avec sévérité. Elle avait confusément envie de protéger le suspect.

« Oui, répondit Martin, j'ai regardé avec ma mère. » An sentit qu'il luttait pour conserver le peu de dignité qu'il lui restait.

« Vous avez regardé jusqu'au bout ? demanda-t-elle.

— Oui, acquiesça-t-il. Maman est allée se coucher au moment où Mr T dansait la rumba, et comme je suis fan depuis toujours de *L'Agence tous risques*, je voulais voir la suite. Il n'y a rien d'efféminé à aimer voir les gens danser, vous savez. Mr T danse très bien. C'est un athlète remarquable. Beaucoup d'athlètes prennent des cours de danse. Ça les aide à développer leur souplesse. »

An soupira une nouvelle fois et se rassit dans son fauteuil. Sandra Burke avait été assassinée vers 20 h 15 – à l'heure où, si elle se rappelait bien, les membres du jury de *Danse Académie* avaient expliqué en effet que bien des athlètes étaient très bons danseurs.

Martin continuait à défendre sa virilité. « Il n'y a rien de mal à s'intéresser à diverses activités. Je m'intéresse à beaucoup de choses. Beaucoup.

— Les livres, par exemple ?

— Oui, fit Martin avec un grand et sincère sourire. J'adore lire.

— Quel genre de livres ?

— Les polars. La science-fiction, mais plus pour le message social que pour les vaisseaux spatiaux. J'aime beaucoup Kathy Reichs, notamment, continua-t-il en baissant les yeux d'un air timide. Son héroïne est très... séduisante. Elle va au fond des choses, vous voyez, un peu comme... vous. »

An se sentit rougir. Elle n'avait pas manqué un seul épisode de la série *Bones*. Était-il en train de la comparer à Tempe Brennan ?

Bruce ne s'en laissait pas compter. « Arrête

ton charre, Reed. Le Dr Brennan est anthropologue.

— C'est vrai, mon vieux, renchérit Jergens qui semblait avoir totalement oublié que Martin était son client. Andi, elle, est inspectrice.

— Anther, corrigea Martin. Inspectrice Anther Albada. » Il ne quitta pas An des yeux en posant sur le bloc-notes de l'avocat un doigt pâteux. « Anther. »

An avait recommencé à se mordiller la peau autour des ongles. Elle se força à arrêter. Cet interrogatoire virait au grand n'importe quoi, et elle était incapable de se l'expliquer ni de rien y faire. « Vous lisez aussi des bouquins sur de vraies affaires criminelles ? demanda-t-elle à Martin.

— Absolument. Mais seulement des Ann Rule – pas les trucs trash. Oh, et je ne regarde jamais les images. »

An ouvrit la chemise de façon à ce que Martin voie bien les photos. « Des images dans ce genre ? demanda-t-elle en faisant défiler, l'un après l'autre, les clichés montrant le corps de Sandra Burke, nu, désarticulé, écrabouillé. On a retrouvé des fragments de ses molaires dans votre pneu arrière droit. »

Martin ouvrit la bouche et vomit sur la table.

Où l'on apprend à quelles infâmes et criminelles turpitudes s'était réellement livré Martin la veille au soir

Martin avait coutume de dire qu'il était la personne la moins raciste au monde. Il avait soutenu Barack Obama contre Hillary Clinton pendant les primaires – du moins c'est ce qu'il prétendait (sa vie était régie par des femmes de poigne, et Martin n'était pas un fervent partisan du changement). Sa plus proche collaboratrice était noire. Il lui arrivait d'écouter du rap et de regarder les films d'Eddie Murphy. Bref, Martin ne voyait pas la vie en noir et blanc et ne s'arrêtait pas à des histoires de couleur de peau.

Malgré cette exceptionnelle ouverture d'esprit, cependant, Martin ne put s'empêcher de remarquer qu'il était le seul Blanc dans le centre de détention préventive d'Atlanta. Ce qui n'avait pas non plus échappé à ses codétenus. Quand il était entré dans sa cellule collective, quelqu'un avait avisé sa chemise à manches courtes et sa cravate et déclaré : « Regardez, un républicain. »

Il n'arrivait pas à croire qu'ils le retenaient en détention sur la base de preuves si inconsistantes. Bien sûr, ils avaient trouvé son sang mêlé au... à la... matière... de Sandy, mais ça ne voulait rien dire. Rien. N'est-ce pas ? Quiconque avait ouvert une fois dans sa vie un Patricia Cornwell savait que le sang n'était pas estampillé à une date et une heure exactes ; d'un point de vue scientifique, il n'y avait aucun moyen de prouver que Martin n'avait touché au pare-chocs de sa voiture que le lendemain de l'incident. Quel enfer !

Il retint sa respiration, heurté par l'odeur pestilentielle provenant des toilettes installées au beau milieu de la cellule, visibles de tous. Un énorme type chauve était assis et faisait ce qu'il avait à faire, un magazine entre les mains, comme si c'était la journée la plus ordinaire de sa vie. Martin, qui avait passé la majeure partie de son existence à proximité des cabinets, avait eu le réflexe de s'en éloigner le plus possible en entrant dans la cellule, mais impossible d'échapper aux exhalaisons nauséabondes. C'était ainsi que le système vous transformait en animal, se disait Martin, assis par terre, genoux ramenés sous le menton. Combien de temps lui restait-il avant que la nature se rappelle à son bon souvenir et le force à se soulager à son tour devant tout le monde ? Combien de temps avant que sa dignité disparaisse définitivement et qu'il se retrouve à cracher par terre et à se gratter les puces au mitard ? Ou disait-on « cabane » ? Il ne maîtrisait pas encore bien l'argot carcéral.

Oh ! si seulement il avait pu utiliser l'unique coup de téléphone auquel il avait droit pour appeler son père au lieu de sa mère. Elle n'avait pas décroché. Le répondeur avait grésillé, la voix sèche d'Evie ordonnant de laisser un message. Il savait qu'elle était à la maison – elle ne pouvait aller nulle part toute seule, à cause de sa cataracte – et qu'elle était au courant de sa situation.

Son père, lui, n'aurait pas laissé son fils unique se morfondre ainsi – non, moisir ! – en prison au milieu de ces monstres. Son père aurait... oh allez, quelle blague. Marty Reed avait été aussi inutile de son vivant qu'il l'était depuis sa mort. Petit comptable, comme le serait son fils après lui, Marty avait travaillé au service indexation et services actuariels d'un grand cabinet d'avocats à Atlanta. Sa mère avait persisté à parler d'un « accident » jusqu'au jour où la compagnie d'assurances avait établi, malgré ses protestations répétées, que Martin Harrison Reed Senior s'était suicidé.

Voici ce qui s'était passé. Marty avait déjeuné – salade au jambon et œuf mayonnaise. Il avait écrit un mot au dos d'une fiche d'indexation, ôté puis posé ses lunettes à côté, et il avait quitté son bureau. Personne, en voyant Marty traverser l'étude à tâtons, renversant les fauteuils et se cognant aux murs (il était officiellement aveugle, sans ses lunettes), ne parut remarquer quoi que ce soit d'inhabituel. Il tenait à la main un sac en papier contenant les restes de son déjeuner et se dirigeait vers le local vide-ordures, dans le couloir. Un témoin dit avoir entendu quelqu'un glousser, quand la porte du local s'ouvrit, et ce fut sans doute le dernier son qui sortit jamais de sa bouche. Marty ne cria même pas en dégringolant dans le vide-ordures pour atterrir trente-huit étages plus bas, à côté de son sac froissé.

Ce n'est que plusieurs heures plus tard,

quand le conducteur du camion-poubelle trouva le corps, qu'on découvrit le mot sur le bureau de Marty : « Je lègue mes lunettes à l'Antique Ordre Arabe des Nobles du Sanctuaire Mystique. »

« Formidable », avait déclaré la mère de Martin, furieuse cependant d'apprendre que les femmes étaient interdites de séjour dans le Sanctuaire. Martin avait toujours pensé que c'était là l'explication du gloussement. Son père avait enfin eu le dernier mot.

« Eh les mecs, matez un peu ça ! » ulula quelqu'un. Suivirent quelques sifflets et claquements de langue. Martin étira le cou dans tous les sens pour essayer de voir entre les jambes de ses codétenus agglutinés aux barreaux de la cellule. Il aperçut une basket... un mollet...

« Vos gueules, les dégénérés, lança An aux hommes qui tendaient la main vers elle. Retirez illico vos sales pattes, ou je vous fais goûter de mon Taser l'un après l'autre. »

Martin se redressa, le cœur battant au son de sa voix. Il fendit la foule et avança, sentant autour de lui les regards interloqués, et même franchement envieux, de ses compagnons d'infortune.

An fit un signe de la tête au policier à côté d'elle, qui ouvrit la cellule.

« Par ici », dit-elle.

Martin faillit trébucher en essayant de la suivre. « C'était atroce là-dedans, lui dit-il. Vous n'avez pas idée de ce que c'est. Ce sont des animaux. Je me sens tellement...

— Vous êtes resté là moins d'une demi-heure, le coupa-t-elle en pianotant sur un digicode à côté de la porte.

— Pas plus ? J'ai eu l'impression que ça a duré une éternité. Merci, merci beaucoup pour... Hé, mais où m'emmenez-vous ?

— Je vous remets en liberté sous caution personnelle.

— Et le sang alors ? Et les empreintes ?

— Vous voulez que je change d'avis ?

— C'est juste que... je ne voudrais pas vous attirer d'ennuis », dit-il, et c'était la vérité. Il repensa soudain à An durant l'interrogatoire. Était-ce de l'inquiétude qu'il avait décelée sur son visage quand il avait vomi ? Ce n'était pas du dégoût en tout cas – Martin avait révulsé assez de femmes dans sa vie pour savoir à quoi ressemblait une expression de dégoût.

« Pourquoi aurais-je des ennuis ? demanda-t-elle.

— Parce que vous me laissez sortir. C'est vrai, après tout, il y a beaucoup de preuves contre moi... »

Elle le regarda. Il vit qu'elle avait une paupière plus tombante que l'autre. Ses cernes étaient plus sombres à la lumière des néons du couloir. Il aurait voulu la serrer dans ses bras. Lui raviver le regard d'un baiser sur les yeux.

« Il vous faut un meilleur avocat.

— Max a l'air d'un type bien. » Il avait été de bon conseil en tout cas en disant à Martin de se mettre du côté des Blancs dès son entrée en cellule. S'il y avait eu des Blancs, il l'aurait certainement fait.

« Je vous laisse sortir parce que les tests du labo montrent que le sang de Sandy sur le pare-chocs a séché avant le vôtre.

— Vous êtes capables de déterminer ça ?

— Oui, soupira-t-elle avec lassitude. Nous sommes capables de déterminer ça. »

Martin se gratta le menton et se demanda s'il pourrait jamais plus se fier à Kay Scarpetta.

« Votre voiture est à la fourrière. Tenez-vous à carreau. Vous êtes toujours notre suspect numéro un, l'avertit-elle.

— Oui, je comprends.

— Il faut aussi que vous me disiez ce que

vous faisiez entre le moment où vous avez ramené votre mère et celui où vous êtes rentré chez vous. »

Martin serra les lèvres.

« Mr Reed...

— Je vous jure que je n'aurais jamais touché à un cheveu de Sandy. Il lui arrivait de me taquiner, mais je sais qu'elle avait de l'affection pour moi. Parfois, les gens vous cherchent des poux parce que c'est le seul moyen pour eux de vous montrer qu'ils vous aiment. » Martin haussa les épaules. « Vu comme ça, on pourrait même dire que Sandy et moi étions amis. »

An le regarda, puis poussa un nouveau soupir, plus las que jamais. Martin songea à tout ce qu'il ferait pour elle si elle était toute à lui : il lui caresserait les cheveux, il lui masserait les pieds, il changerait l'ampoule de sa salle de bains (même s'il y avait des araignées !). Il apprendrait à faire la cuisine pour elle. Il lui ferait l'amour avec un talent inné, tout comme il s'était découvert un talent inné pour le macramé et les modèles réduits à l'école primaire. Sa mère avait même gardé certains de ses vaisseaux miniatures – aurait-elle continué à les exposer ainsi sur les étagères de sa cuisine si elle ne pensait pas qu'ils étaient remarquables ?

« Mr Reed ? »

Il n'avait pas entendu un traître mot de ce qu'elle venait de dire. « Oui ? » *Mon amour...*

« Dehors. »

Il s'aperçut qu'elle lui tenait la porte. Dans une petite guérite grillagée, un homme lui tendit une enveloppe contenant ses effets personnels. Martin se retourna pour remercier Anther – et pour la regarder encore une fois – mais ne vit que la porte qui claquait.

« Comptez votre argent, vérifiez que tout est là, et signez ici », dit l'homme dans la guérite.

Martin obtempéra, compta jusqu'au dernier de ses centimes, et vérifia que son ticket gagnant de jeu à gratter était toujours dans son portefeuille. « Merci », dit-il, mais le type était apparemment aussi aimable que ses compagnons de cellule. A se demander qui, des détenus ou des geôliers, était derrière les barreaux.

Martin se reposa la question en traversant l'immense hall d'entrée de la prison, où s'alignaient d'interminables rangées de sièges en formica, de quoi asseoir au moins cinq cents personnes. Des familles attendaient, serrées les unes contre les autres. Des grands-parents, seuls. Toute cette tristesse.

Il y avait une borne de taxis devant la sortie de la prison. Martin grimpa dans le premier de la file, qui sentait vaguement le vomi. Ou peut-être était-ce lui qui dégageait cette odeur après son passage en cellule. Le chauffeur n'avait pas l'air ravi. Il baissa toutes les vitres en rejoignant l'autoroute. Les cheveux de Martin volèrent en tous sens, lui fouettant les joues, mais il s'en contrefichait. Il regardait le paysage, la ligne des toits de la ville, l'aéroport – et se rendit compte que le chauffeur avait pris le chemin le plus long.

Ah c'est comme ça ? songea Martin. *Eh bien ce monsieur peut dire adieu à son pourboire. Là.*

Cinquante-deux minutes plus tard, le taxi s'arrêtait devant la résidence Reed. Martin eut à peine de quoi payer la course. Le chauffeur déclara que c'était inacceptable. Il fit marche arrière et écrasa le parterre de pivoines d'Evie avant de repartir en trombe et de disparaître au coin de la rue. Sans doute avait-il l'impression de s'être bien vengé, mais Martin en voulait tellement à sa mère de ne pas être venue à son secours que cet holocauste floral le laissait de marbre.

« Mais qu'est-ce que tu fiches ici ? demanda Evie en ouvrant la porte, robe de chambre à moitié défaite. Tu es censé être en prison, que je sache.

— En préventive, la corrigea-t-il. La prison, c'est pour ceux qui ont été reconnus coupables.

— Merci pour la leçon, Monsieur le Trouduc-Qui-Sait-Tout. »

Martin monta les marches du perron et entra. Il s'arrêta devant le miroir de l'entrée et vit combien il avait vieilli depuis ce matin. Voilà ce que c'était de mener la vie de hors-la-loi.

« Norton Shaw a appelé. Tu es viré.

— Quoi ?

— Il a dit que tu devais passer prendre tes affaires à la fin de la journée et laisser tes clés dans son bureau. Et ne va pas t'imaginer que je vais te laisser vivre ici gratis à mes crochets. Je suis une vieille dame. Il faut que je me préserve.

— Mais pourquoi ils me licencieraient ?

— Va savoir, Martin. Attends, je vais essayer de deviner. Peut-être parce que tu as buté l'une de tes collègues ? »

Martin sentit sa mâchoire se contracter à force de serrer les dents. « J'ai besoin d'emprunter ta voiture.

— Pourquoi ? Tu as quelqu'un d'autre à écraser ? »

Il ferma les yeux et compta lentement jusqu'à dix. « Un... deux... trois...

— J'ai toujours pensé que tu étais un peu autiste sur les bords, persifla sa mère en disparaissant dans la cuisine. C'est peut-être ce qui te sauvera de la chaise électrique. »

Martin ouvrit les yeux. Son travail ! Sa vie ! Ses collègues étaient ses seuls amis. Qu'allait-il devenir sans ce contact social ? Où trouverait-il la camaraderie, le lien avec les autres êtres humains ? Il s'observa dans le miroir. Dans ses yeux brillait une lueur d'une dureté inédite. Était-ce là l'homme qu'avait vu An, cet autre Martin pour qui le monde était un endroit plein de désespoir et de fourberie ?

Evie lui lança ses clés de voiture ; il essaya de les attraper après qu'elles eurent rebondi sur son nez. « Fais le plein en rentrant. »

Martin se baissa pour ramasser les clés. « Le réservoir devrait être plein.

— J'ai dû aller faire une course en ville. Je suis une vieille dame dont le fils est un foutu criminel parti se la couler douce Dieu sait combien de temps en tôle. »

Martin s'efforça de ne pas imaginer sa mère en train de conduire. A cause de sa cataracte, elle n'avait presque plus aucun champ de vision. La semaine dernière, elle avait arraché le poteau de la boîte aux lettres en tondant le gazon.

Il regarda sa montre. Les bureaux de Super Sanitaires devaient avoir fermé à cette heure-ci. « Je vais débarrasser mon bureau », dit-il à sa mère, la voix noyée d'amertume. Mais comment pouvaient-ils le virer ? Pourquoi Norton Shaw lui ferait-il un coup pareil ? Martin n'avait été reconnu coupable d'aucun crime. Il aimait bien Sandy. Pourquoi diable l'aurait-il tuée ? *Comment* aurait-il pu la tuer ? Même tuer un insecte le répugnait.

Evie le regarda en plissant les yeux. « Si tu étais vraiment innocent, tu leur foutrais un procès au cul pour licenciement abusif.

— Mais je *suis* innocent ! s'étrangla-t-il. Maman, tu sais bien que j'étais à la maison hier soir ! »

Un rictus se dessina sur les lèvres d'Evie. Ils savaient tous les deux que ce n'était pas tout à fait la vérité.

Il semblait tout à fait logique à Martin, lui qui avait l'impression de vivre dans un des polars drolatiques de Janet Evanovich, de se retrouver comme son héroïne Stephanie Plum coincé derrière le volant de la Cadillac bleu pâle de sa vieille mère pour se rendre chez Super Sanitaires. A ceci près qu'il n'était pas dans un thriller farcesque, mais dans la vraie vie. Sa vie. Comme pour s'enfoncer le couteau dans la plaie, Martin ralentit en passant devant l'endroit où Sandy était morte, délimité par les bandelettes de ruban jaune de la police.

Pauvre Sandy. Pauvre Sandy toute démantibulée. Bien sûr, elle s'était moqué de lui, mais méritait-elle pour autant de mourir ? Même Evie était d'accord sur ce point. « Quelle déconneuse, celle-là ! » s'était-elle exclamée quand Martin lui avait raconté l'épisode du godemiché et de la Super Glue. (Evie s'était étonnée en voyant le bout de latex qui s'était retrouvé mystérieusement collé au pouce de son fils quand il avait voulu enlever l'embarrassant objet de son bureau.)

La voiture derrière lui klaxonna et Martin appuya sur l'accélérateur, dépassant la scène du crime. Il prit garde de ne pas conduire trop vite, se souvenant de l'avertissement d'An : surtout ne pas faire de vagues. Avertissement fort aimable de sa part, pensa-t-il, ce qui n'avait d'ailleurs rien d'étonnant : An avait l'air d'une personne aimable. Il était encore abasourdi par le regard attentionné qu'elle lui avait lancé dans la salle d'interrogatoire juste avant de bondir de sa chaise pour éviter le geyser de vomi qui s'était déversé sur la table. Pourvu qu'elle ait des doubles de ces photos qu'il avait ruinées, espérait-il. Elle en aurait besoin pour résoudre l'affaire.

La voiture derrière lui passa devant en faisant une queue-de-poisson, klaxon hurlant à tout rompre.

Martin paniqua et dut donner un coup de volant pour éviter la collision. Les roues de la Cadillac heurtèrent le rebord de la route et il vira sèchement pour se retrouver sur l'aire de parking d'un centre commercial, mains agrippées au volant, pied enfoncé sur le frein. La voiture s'arrêta dans un soubresaut. Martin leva les yeux et aperçut une enseigne au néon qui clignotait dans le crépuscule.

Chez Madame Glitter. Si Martin avait vraiment été dans un roman, c'eût été là une scène typique de préfiguration. Ou aurait-il mieux valu parler de « postfiguration » ? Car, en vérité, la scène avait déjà eu lieu.

Martin n'avait pas menti : il était bien allé avec sa mère au Club des Amateurs de Pivoines. Ce dernier était situé en face du centre commercial où Madame Glitter avait son échoppe. Martin, assis dans la Cadillac de sa mère (elle avait refusé de monter dans la « trouduc-mobile » de son fils), avait vu le néon briller dans la lumière du soir. « Stressé ? Fatigué ? Besoin d'un remontant ? » épelait l'enseigne. « Massages professionnels ! Prix raisonnables ! Entrée libre ! »

Martin ne s'était jamais fait masser, et depuis qu'il avait dû passer trois heures à s'échiner sur son bureau pour en décoller les derniers morceaux du godemiché géant, il avait terriblement mal au dos. Son cou était raide, et son épaule droite le lançait comme si on lui enfonçait une lame brûlante chaque fois qu'il bougeait le bras. N'était-il pas le candidat idéal pour un massage ?

Il y avait pensé durant tout le trajet du retour, n'écoutant rien des péroraisons d'Evie qui pestait contre « cette pétasse qui dirige le club de jardinage comme une nazie ».

Il imaginait une jeune fille pétillante avec un piercing dans le nez qui l'accueillerait pieds nus. Il y aurait du thé chaud et des petits gâteaux. Le doux bruit d'un carillon et le glouglou apaisant d'une petite fontaine. Cela existait-il vraiment, la guérison par le toucher ? Martin avait lu, dans l'un de ses magazines, un article sur une étude scientifique où on utilisait des lapins pour tester des produits contre le cholestérol. L'un des groupes de lapins avait obtenu des résultats remarquables, et l'on avait découvert que la laborantine qui les avait nourris leur avait caressé le dos durant toute l'expérience. La même chose se produirait-elle pour Martin ? Les caresses bienveillantes d'un autre être humain pourraient-elles le transformer en profondeur et faire de lui un homme heureux ?

« A tout à l'heure, avait-il dit à sa mère en redémarrant dès qu'elle était sortie de la voiture.

— Mais qu'est-ce que tu f... », avait-elle eu le temps de balbutier avant que la portière ne se referme sous l'impulsion de la voiture qui repartait en quatrième vitesse.

Rien qu'à penser au massage qui l'attendait, Martin se sentait déjà plus détendu. Il s'autorisa même à accélérer, poussant la Cadillac dix kilomètres heure au-dessus de la limite autorisée. Il admirait cet homme nouveau, intrépide, qu'il était devenu. Que dirait Unique, le lendemain, quand il glisserait dans la conversation qu'il était allé se faire masser ?

Cela le rangerait-il dans la catégorie des métrosexuels ? Se mettrait-il aux produits de beauté pour hommes ? Aux pédicures, comme Unique ? Ha ! comme elle trouverait ça drôle ! Et comme elle serait jalouse !

Il se gara juste devant chez Madame Glitter. Sitôt sorti de voiture, son enthousiasme retomba. De lourdes tentures cachaient l'intérieur de la vitrine. Sur la porte d'entrée était collée une petite affichette représentant un handicapé et annonçant : « Les besoins spéciaux sont notre spécialité. » Pire, il y avait un fast-food juste à côté, de sorte que la première odeur qui assaillit Martin, quand il entra chez Madame Glitter, fut celle du poulet frit.

« Vous voulez un massage ? » demanda la femme derrière le comptoir. Elle était grosse ; sans doute l'une des personnes les plus grosses qu'il ait jamais rencontrée (et vu les cas répertoriés dans sa famille du côté de sa mère, ce n'était pas peu dire).

« Hein ? Je... euh... bredouilla Martin qui se sentait reculer de quelques pas.

— Cinquante dollars. Et je prends pas la carte bleue, fit-elle en lui indiquant de la pointe du menton une porte close. Rentrez là, déshabillez-vous, j'arrive tout de suite. »

Martin demeura figé sur place.

« Allez ! » aboya-t-elle, et Martin obtempéra.

L'odeur de poulet était encore plus forte dans la pièce exiguë. Au centre, une petite table de massage, avec une mince serviette là où Martin devina qu'il devrait poser son intimité. Il défit sa cravate et la suspendit à un crochet au mur. Il déboutonna sa chemise les mains tremblantes, et se sentit idiot ; après tout, bon sang, il s'agissait d'un massage thérapeutique, pas d'un rendez-vous galant !

Mais tout de même. A quand remontait la dernière fois qu'il s'était trouvé nu devant une femme ? Il essaya de se souvenir. Il y avait eu cette fille, au lycée, une sympathique demoiselle qui portait un corset en acier pour corriger sa scoliose. Wendy. Martin sourit en repensant à elle, à la courbe tordue de son échine sous la paume de sa main. Si seulement elle n'était pas partie dans cette école pour surdoués d'Atlanta. Et puis il y avait eu Marcia, la caissière de la supérette à côté de chez lui. Même si ce n'avait été qu'un malentendu ; ce n'est qu'une fois entièrement nu que Martin, hélas, s'était rendu compte que Marcia, elle, avait gardé tous ses vêtements et claquait la porte derrière elle.

La porte s'ouvrit et il attrapa la serviette pour s'en ceindre la taille.

« Va falloir que je fasse vite, dit la femme en ramassant le pantalon de Martin par terre et en en retirant le portefeuille. Mon gamin a la crève. Je croyais qu'il m'avait menti pour pas aller à l'école, mais sa sœur a appelé et il a bel et bien de la fièvre. »

Martin la regarda prélever cinquante dollars et remettre le portefeuille dans son pantalon. « Je suis navré de l'apprendre », dit-il.

Elle tendit la main vers un gros tube de crème. « Allongez-vous. »

Martin s'exécuta tout en essayant de ne pas laisser glisser la serviette de ses hanches.

« Z'avez des gosses ? » demanda-t-elle en écrasant une noix de crème entre ses paumes.

Martin s'apprêtait à répondre quand il sentit soudain une main se faufiler sous la serviette et des doigts se saisir de son membre. « Dieu tout-puissant ! s'écria-t-il.

— Désolé, j'ai les mains froides. » Elle regardait le mur, l'œil empli d'un insondable ennui tandis que sa main allait et venait de bas en haut. « Je vais vous dire, moi, je pense que le gouvernement nous dit pas tout.

— Han... han... pantela Martin.

— C'est vrai quoi, regardez un peu c't'épidémie de crève, là. » En haut, en bas, en haut, en bas. « Tous ceux que je connais qui l'attrapent, bah ils sont groggy une semaine, et pis ils vont mieux, mais deux mois plus tard, v'là qu'ils sont à nouveau patraques. »

Martin s'agrippa aux côtés de la table pour ne pas tomber.

« Le ministère de la Santé, croyez qu'on peut leur faire confiance, vous ? C'est pas eux qui sont censés prévenir ce genre de trucs ?

— Han... han... han...

— Et le ministère de la Consommation, alors ? Un jour ils nous disent que les médicaments ils marchent, et le lendemain ils les retirent des pharmacies.

— Oh... oh... oh...

— Moi je dis on peut plus leur faire confiance sur rien. »

Martin ferma les yeux, essaya de ne pas regarder le gras sur le dessus de la main de Madame Glitter qui tremblait comme de la gelée à chaque secousse. Il serra les paupières de toutes ses forces, pensa à Angelina Jolie, Rebecca Romijn... Mais c'est seulement lorsqu'il parvint à focaliser ses pensées sur la présentatrice télé Diane Sawyer qu'il commença à se détendre.

Et c'est la voix de velours de Diane Sawyer qu'il entendit à la place de l'aboiement rauque de Madame Glitter quand elle lui demanda : « Voulez que je vous serre les couilles ?

— Aaahgh... ghahh... hgaahg... », fit Martin en jouissant tel un tuyau d'arrosage automatique défectueux.

Madame Glitter s'essuya les mains sur la serviette. « Désolée de vous presser, mais faut vraiment que je rentre m'occuper de mon gosse. »

Martin regardait le plafond, le souffle court. Il y avait une tache d'humidité juste au-dessus de la table. Comment avait-il fait pour ne pas la remarquer plus tôt ?

Elle lui tapota la cuisse. « Allez mon vieux. Ouste. »

Martin se redressa à grand-peine. Le vinyle de la table de massage crissa sous ses fesses. Il transpirait. Il avait encore du mal à respirer.

La dernière chose qu'elle lui avait dite, en le raccompagnant dare-dare à la porte, avait été : « Feriez bien de montrer cette verrue à un toubib. »

Était-ce donc cela qu'il était censé dire à Anther, qu'il était occupé à se faire « masser » au moment où Sandy se faisait assassiner? Quel genre d'alibi était-ce là? Quel genre de personne payait pour des faveurs sexuelles? Il préférait encore être condamné pour meurtre que d'imaginer sa mère apprenant ce qu'il avait fait. Avait-elle le moindre soupçon sur ses agissements? Evie était couchée quand il était rentré du salon de massage. Heureusement, il avait enregistré *Danse Académie*. Il avait regardé Mr T et Joan Crawford danser la rumba en se disant : *Alors voilà où j'en suis arrivé? A payer une mère de famille pour un rapport sexuel?* D'ailleurs, pouvait-on vraiment parler de « rapport »? Il y en avait eu si peu entre lui et Madame Glitter – sinon dans la mesure où il lui avait « rapporté » cinquante dollars... Martin fit la grimace. Son aventure n'était décidément pas sexy du tout.

Martin fit marche arrière et quitta les lieux de son *véritable* crime. Le portail du parking de Super Sanitaires était ouvert, ce qui était strictement contraire au règlement intérieur de l'entreprise. Dont Martin, désormais, ne faisait plus partie. Il aurait donc dû s'en moquer comme d'une guigne. Et pourtant non.

N'importe qui pouvait entrer par effraction. Peut-être que tous ces petits nouveaux, eux qui n'avaient jamais eu à déboucher la tuyauterie suite à un attentat au bourrage de papier toilettes modèle 2300, n'avaient pas idée du capharnaüm que des vandales pouvaient créer dans un endroit comme celui-ci, mais lui oui, il le savait, et d'expérience.

Il se gara à son emplacement habituel, surpris de s'apercevoir que la seule autre voiture sur le parking était celle de Unique. Elle n'était pas le genre à faire des heures supplémentaires, mais peut-être que sa conscience l'avait rattrapée, après tout. Martin avait la ferme intention de traiter les commandes dont il n'avait pu s'occuper à cause de sa journée de travail manquée. Il avait été viré, peut-être, mais ce n'était pas une raison pour fuir ses responsabilités.

Martin sortit ses clés mais n'en eut pas besoin : la porte était déjà ouverte. Il n'alluma pas les lumières en se dirigeant à son bureau. Ce n'était pas la peine ; il connaissait le chemin par cœur, la place de chaque machine, la configuration de chaque étagère. Ce bureau avait été, pendant une bonne moitié de son existence, l'endroit où Martin se sentait vraiment chez lui, où il avait l'impression de valoir quelque chose, d'être utile. Et maintenant, tout ça était terminé, perdu à jamais, comme une chaussette tombée derrière le sèche-linge et qu'on ne retrouvera plus.

« Qu'est-ce tu fous ici, crétin ? fit Unique tout en fourrant des affaires de bureau dans son sac à main.

— Ils m'ont viré.

— Ah ? oui, commenta-t-elle avec indifférence en faisant entrer de force son agrafeuse dans un coin de son sac. Norton disait qu'il attendait la première occasion pour se débarrasser de toi.

— Se débarrasser de moi ? » Impossible. Norton Shaw lui avait décerné la mention « honorable » à son évaluation annuelle. On ne disait pas de quelqu'un qu'on avait l'intention de virer qu'il était honorable.

« Et puis qu'est-ce tu fiches dehors ? continua Unique. Je te croyais le cul sur une chaise électrique.

— Ici les exécutions se font par injection, corrigea Martin. Vous volez des objets du bureau ?

— Je me sers tant qu'il est encore temps, dit-elle en s'attaquant cette fois à une rame de papier. Pas folle la guêpe ; Unique voit bien ce qui va se passer. »

Martin grinça des dents. Elle parlait toujours d'elle à la troisième personne quand elle se sentait menacée. Il se souvenait encore de la première fois qu'il l'avait entendue faire ça. Martin lui avait expliqué qu'il était normal qu'elle nettoie les toilettes pour dames après son passage, tout comme lui dans les toilettes pour hommes. « Unique récure pas les gogues ! » avait-elle piaillé.

« Unique...

— Je veux pas d'embrouilles avec la police. Unique reste pas dans les parages quand la police vient fouiner et poser des questions, non merci.

— Quel genre de questions ?

— J'ai peut-être acheté des fringues un jour au centre commercial sans vraiment payer Peut-être.

— Vous avez *volé* ? » demanda Martin scandalisé.

Elle montra son pantalon de jogging en lycra rose fluo.

« Tu crois que j'ai les moyens de m'offrir ça avec ce que vous me payez ? »

Il aurait cru que oui, à vrai dire.

« J'ai un look à entretenir, poursuivit-elle en poussant Martin pour passer derrière son bureau. On ne plaisante pas avec la garde-robe d'une dame. »

Peut-être était-ce à cause de ses propres démêlés récents avec la justice, mais Martin, loin d'être scandalisé, éprouva plutôt une sorte de fascination. Il avait travaillé avec cette femme pendant trois ans sans se douter une seule seconde que c'était une voleuse, une vraie. « Vous avez été arrêtée ?

— Il se peut qu'il y ait une injonction judiciaire qui traîne quelque part. Vous savez comment ça se passe, ces choses-là... »

Venait-elle de lui lancer un clin d'œil ? Martin l'aurait juré. « Oui, dit-il. Ayant moi-même eu l'occasion de passer quelque temps derrière les barreaux, je comprends. »

Elle le regarda, lèvres pincées. Était-ce du respect qu'il lisait dans ses yeux ? Il voulut tester ses talents argotiques :

« J'en ai bavé au mitard.

— Au quoi ? fit-elle d'un air sceptique.

— Eh bien, en prison. C'était très dur, vous savez. Il a fallu que je me range tout de suite du côté des Blancs, vous voyez, que je me mette à l'abri.

— A l'abri de quoi ?

— Eh bien... enfin... vous voyez ce que je veux dire, non ? »

Elle renversa un carton rempli de factures et commença à le remplir de blocs de Post-it pris sur le bureau de Martin. « Tu l'as vraiment tuée, Sandy ?

— Eh bien, je... balbutia-t-il. Elle était très taquin avec moi. »

Unique interrompit ses emplettes. « T'étais en pétard à cause de cette histoire de godemiché, hein ? Je l'ai bien vu à ton regard quand ce bout de caoutchouc t'est resté collé sur le pouce. Ha. Je savais bien que tu cachais ton jeu, Martin. »

Martin. Elle l'avait appelé Martin. Pas crétin. Ni gras-du-bide. Martin.

« Tu la supportais pas, hein ?

— On est puni par là où on a péché, fut tout ce qu'il trouva à dire.

— Tu l'as violée ? » s'exclama Unique en écarquillant les yeux.

Il haussa les épaules, en songeant que c'était la première fois qu'elle lui accordait autant d'attention. Elle lui parlait comme à un véritable être humain !

« Raconte-moi ce qui s'est passé, lui soufflat-elle dans un murmure complice. Je te promets que je dirai rien à personne. C'est juste entre nous.

— Eh bien, je...

— Tout ça c'est une histoire de fesses, c'est ça ? »

Martin réfuta cette dernière réplique en levant la main d'un air blasé – même si cette idée de viol le mettait mal à l'aise, surtout après cette longue demi-heure enfermé dans une cage remplis de sauvages. « J'ai quelqu'un qui s'occupe de moi sur ce terrain-là, merci beaucoup. »

Elle avait le souffle coupé. « Tu paies des filles ? Des prostituées ? Martin, c'est exactement ce que faisait Ted Bundy ! »

Ayant lu au moins cinq fois la biographie de ce célèbre tueur en série, Martin était sûr et certain que c'était faux, mais il ne lui vint pas à l'idée de démentir. « Oui, je suis comme Ted Bundy.

— Où ça ? voulut-elle savoir. Tu vas à Atlanta ? Tu leur demandes des trucs tordus ? »

Martin haussa à nouveau les épaules, en faisant de son mieux pour ne pas rougir. « Je connais une femme – Glitter, elle s'appelle. Même que je me sers d'elle pour assouvir toutes mes envies.

— Pour sortir ta rage, c'est ça ? acquiesça-t-elle en avançant vers lui. Tu es un vrai enragé, n'est-ce pas ?

— J'ai mes humeurs.

— Je t'ai entendu écrabouiller cette mallette, dit-elle. C'est ça que tu as utilisé pour la tuer ? »

Il haussa les épaules pour la soixantième fois. Avait-il des hallucinations, ou Unique était-elle soudain tout près de lui ? Il tendit la main pour vérifier ; ses doigts touchèrent le bras nu de Unique.

« Oh oui vas-y ! tressaillit-elle aussitôt. Recommence. »

Il l'effleura à nouveau, fasciné par le contraste entre leurs peaux. Soudain, elle plaqua ses deux mains autour du visage de Martin, le souleva du sol et lui enfonça la tête entre ses deux énormes seins. Martin étouffait. Ses jambes tressautaient tandis qu'il cherchait désespérément à s'extraire de là et à reposer les pieds par terre.

« Viens par ici », grogna-t-elle, ses longs ongles rouges lui éraflant le ventre quand elle lui arracha son pantalon d'un coup sec. Martin eut l'impression non pas tant de s'enfoncer en elle que d'y dégringoler. Elle s'agrippa si fort à ses fesses, pour le faire aller et venir d'avant en arrière, qu'il faillit tourner de l'œil.

Impossible de l'arrêter – et, après une centaine de va-et-vient, il n'en avait de toute façon plus envie. Ses genoux commencèrent à fléchir. « Oh... oh... oh...

— Oh oui vas-y ! hurla-t-elle. Dis mon nom !

— You-ni-ké ! You-ni-ké !

— Encore, gras-du-bide, encore ! Plus fort !

— You ! Ni ! Ké ! You ! Ni ! Ké !

— C'est ça ! s'égosilla-t-elle. Continue ! Nique Unique ! Nique-la bien ! » Elle le secouait, le faisait valser et valdinguer en tous sens. Martin s'accrochait à ses épaules pour ne pas tomber.

« Oh mon Dieu ! Oh mon Dieu ! Oh mon Dieu ! hoqueta-t-il.

— Non non non, pas question ! » voulut-elle le retenir en arrêtant d'un seul coup de bouger.

Trop tard. Il jouit dans un râle tonitruant, tremblant comme en proie à une crise d'épilepsie, tous les muscles de son corps tétanisés par l'afflux du plaisir.

« Alors là, menaça Unique, si tu crois que j'ai l'intention de te laisser finir sans moi... »

Sa main vint se plaquer à nouveau sur la

nuque de Martin, et elle fit descendre son visage jusqu'au carrefour caverneux de ses cuisses entrouvertes. Unique était plus forte qu'elle n'en avait l'air. Enfonçant ses ongles dans le cuir chevelu de Martin, elle lui pressa le nez contre ses lèvres humides. Il se débattit; elle raffermit sa prise, et se mit à onduler du pelvis. Martin, le nez glissant de haut en bas, au bord de l'asphyxie, dut réprimer son envie d'éternuer et de hurler pour reprendre sa respiration. Il commença à hyperventiler, son cerveau tournoyant à l'intérieur de sa boîte crânienne, tandis qu'elle continuait à lui broyer la pulpe du visage contre son sexe telle une orange dans un presse-agrumes, puis comme un vulgaire morceau de parmesan sur une râpe à fromage. Elle n'était pas loin de passer au pressoir à steak haché quand il se mit à voir des petits points blancs scintiller derrière ses paupières battantes. Puis tout s'arrêta, net, juste avant qu'il ne perde connaissance. Unique le repoussa comme un chien qui aurait essayé de manger dans sa gamelle. Martin s'effondra, les mains glissant sur le linoléum, le visage luisant. Elle le regarda avec dégoût.

« T'es pas l'étalon que je croyais, lâcha-t-elle en remettant sa culotte, la peau de son ventre boudinant par-dessus comme un muffin débordant de son emballage.

— Je...

— La ferme, crétin. » Elle fouilla dans son sac à main en grommelant. « Bon, allez, c'est pas tout ça. »

Martin avait réussi à se redresser, mais il avait tellement le tournis qu'il se sentait incapable de se baisser pour remonter son pantalon. Il posa une main sur le bureau pour retrouver son équilibre, et songea qu'il était peut-être temps à présent d'agir en gentleman, de l'inviter à dîner ou à prendre un verre. « Unique, puis-je vous...

— Remonte ton falzar, crétin. Ton petit robinet intéresse personne.

— Oh, désolé, rougit Martin en se rhabillant.

— Va mettre ce carton dans le coffre de ma voiture, ordonna-t-elle. Et arrête de me regarder avec tes yeux de merlan frit. C'est pas parce que t'as eu droit à une cuillérée de miel que tu peux te payer la ruche. »

Où Martin voit son destin scellé par un drame Unique

An se moucha, le visage inondé de larmes. Quelle idée aussi de regarder *Chez les heureux du monde* en cette période si fébrile du mois... Ou peut-être était-elle trop sensible en général. Rien à faire, elle n'arrivait pas à oublier ce Martin Reed. Cette façon qu'il avait eue de la comparer à Tempe Brennan... et de vomir en voyant les photos de la scène du crime (An avait toujours eu un faible pour les hommes fragiles de l'estomac; son propre père avait souffert d'ulcères toute sa vie). Et ce regard qu'il lui avait lancé quand elle l'avait fait sortir de sa cellule – un regard d'enfant perdu et de monstre sadique à la fois. Percerait-elle jamais à jour le vrai Martin?

An s'efforça de se concentrer sur le film; penser ainsi à Martin ne pouvait conduire qu'au pire. Depuis la mort de Charlie, si An n'avait jamais pu se lier de près ou de loin avec un autre homme, c'était notamment parce qu'une partie d'elle redoutait encore de se faire tabasser. Elle répugnait à se l'avouer (c'était le genre de secret que seule Jill aurait pu comprendre), mais elle avait décidé depuis longtemps que le compagnon idéal, pour elle, était un homme qui serait physiquement incapable de la toucher ou même de s'approcher d'elle.

Autrement dit, son compagnon idéal, c'était Jill – version masculine.

Elle grogna, découragée. Il était trop tard pour changer, et elle était convaincue que l'étiquette « homo » lui collait désormais si fort à la peau qu'elle ne pourrait pas s'en débarrasser à moins de s'écorcher vive.

Le film, concentre-toi sur le film, se dit-elle en s'agrippant à sa boîte de Kleenex. Lily Bart – incarnée par Gillian Anderson – était allongée sur son lit, prête à absorber cette dernière et fatale dose de laudanum, lorsque le téléphone sonna.

« Allô ? renifla-t-elle.

— Et merde, dit Bruce. Je savais bien que je n'aurais pas dû te laisser rentrer chez toi toute seule. Pas aujourd'hui, ce triste anniversaire... »

An regarda l'image, figée sur pause, de Gillian Anderson. Même aux portes du trépas, elle était belle. C'était exactement le visage qu'aurait eu Jill si elle avait vraiment vécu – et si elle était vraiment morte. Le laudanum... n'était-ce pas un dérivé de l'opium ? Jill aurait sûrement eu droit à quelque chose de ce genre pour soulager ses ultimes souffrances...

« An ?

— Tout va bien, renifla-t-elle à nouveau. Quoi de neuf ?

— Le vigile de Super Sanitaires vient d'appeler. Y a un macchabée dans leurs toilettes.

— Quoi ? » An eut la sensation que son cœur s'était arrêté net dans sa poitrine. Bruce lui expliqua ce qui s'était passé, mais elle ne comprenait rien – les mots lui parvenaient mais n'avaient aucun sens. Même en se rhabillant, en sautant dans sa voiture, en se rendant chez Super Sanitaires, en sortant son insigne pour franchir le cordon de police et en entrant dans les toilettes, elle n'arrivait pas bien à saisir ce que Bruce lui avait dit.

Puis elle vit le cadavre de Unique Jones, et alors elle comprit.

La pauvre femme était allongée par terre,

visage tourné contre le sol, jupe remontée. Entre ses jambes écartées était planté le manche d'un balai-serpillière. Sa tête baignait dans une flaque de sang. Dans les toilettes flottait une odeur de fleur parfaitement incongrue.

« Qu'est-ce qui s'est passé ? demanda An.

— Je dirais que la victime a été frappée à l'aide de ceci, hasarda le médecin légiste en brandissant un sac en plastique à l'intérieur duquel An vit un désodorisant industriel mural ; à l'un des coins de la machine, défoncé et ensanglanté, étaient collées quelques touffes de cheveux.

— Ça vient de là, dit Bruce en indiquant l'endroit sur le mur d'où le gros boîtier avait été arraché. Parfum lavande. »

D'où l'odeur.

« Le coup a été fatal, expliqua le légiste.

— A-t-elle été violée ? »

Il s'agenouilla et tendit le cou pour jeter un œil entre les jambes du cadavre. « A moins qu'il ait un engin aussi gros qu'un manche à balai, je dirais que non. Typique du délinquant sexuel. Ne pouvant pénétrer sa victime, il la punit, et *ensuite* il prend son pied. Y a assez de foutre ici pour repeindre le plafond de la Chapelle Sixtine. »

An hocha la tête, interloquée par cette délicate image. « Qui a trouvé le corps ?

— Le vigile, qui s'était endormi à son poste, expliqua Bruce en mimant le geste de tirer une bouffée entre son pouce et son index. Ce monsieur est apparemment un grand amateur de plantes vertes... » Il haussa les épaules – la moitié des officiers de police l'étaient aussi. « Bref, il s'est réveillé, il a remarqué que la voiture de Jones était encore là, il est allé voir, et voilà.

— Il y avait d'autres voitures sur le parking ?

— On a récupéré les bandes de la vidéosurveillance. Le seul autre véhicule qui soit entré et reparti est une Cadillac bleue. » Bruce marqua une pause pour accentuer l'effet de suspense. « On a vérifié les plaques. Elle est immatriculée au nom de Madame Evelyn Reed.

— Et merde », grommela An. Martin avait promis de se tenir à carreau.

« Il avait l'air nerveux en arrivant au bureau ce matin-là, témoigna Daryl Matheson devant le juge. Je lui ai demandé d'où venait tout ce sang sur son pare-chocs, et il s'est tout de suite braqué. »

« Il sautait à pied joints sur cette mallette, déclara Darla Gantry après avoir juré sur la Bible de dire la vérité, toute la vérité et rien que la vérité. Je lui ai demandé ce qu'il fabriquait et il m'a dit d'aller me faire cuire un œuf. »

« Eh bien... commença un Norton Shaw manifestement réticent à témoigner. Martin n'arrêtait pas de se plaindre de Unique. Je n'y accordais pas beaucoup d'importance. Il se plaignait de beaucoup de gens. »

« Il me faisait peur, avoua Gloria Koslowski, alias Madame Glitter. Je lui ai dit de partir. Je voulais pas me retrouver seule avec lui. »

« Unique a toujours eu peur de gras-double. Il la regardait tout le temps, il reluquait sa poitrine et tout le reste. » Renique, la sœur de Unique, était tendue, quoiqu'elle gardât son sang-froid (elle-même avait quelques ennuis – apparemment, l'église dans laquelle elle travaillait avait découvert des irrégularités dans la comptabilité).

« Je ne savais plus quoi faire de lui ! se lamenta Evelyn Reed. Il était devenu intenable ! »

Mais le dernier clou dans le cercueil de Martin Reed, c'est lui-même qui l'enfonça. An avait trouvé, parmi d'autres objets dérobés, un dictaphone dans le sac à main de Unique. Sa facture de portable avait révélé qu'elle avait contacté plusieurs chaînes de télévision pour leur vendre son histoire. Et quelle histoire.

Sur la cassette du dictaphone, on entendait la voix de Unique, affolée, presque excitée : « Tu paies des filles ? Des prostituées ? Martin, c'est exactement ce que faisait Ted Bundy !

— Oui, répondait Martin d'un ton égal et confiant. Je suis comme Ted Bundy. »

Même Max Jergens avait eu l'air convaincu quand An avait diffusé l'enregistrement pendant le procès. « Sûrement pas, avait-il répondu quand le juge lui avait demandé s'il voulait procéder au contre-interrogatoire de Martin. Non mais eh, z'avez pas entendu ce qu'il vient de dire ? »

Martin demeura impassible à côté de son avocat. Ou du moins c'est ce qu'il semblait – comment savoir en vérité ce qui se tramait dans l'esprit tordu et maléfique de Martin Reed ?

A sa décharge, An avait essayé par tous les moyens de trouver des éléments qui jouent en faveur de Martin. Mais chaque pierre soulevée semblait l'enfoncer un peu plus. Pour tous ses collègues sans exception, il était une espèce de croisement entre Winnie l'Ourson et Charles

Manson. Et puis il y avait les preuves matérielles : les traces de sperme sur le cadavre de Unique, qui correspondait à celui de Martin, qu'on avait retrouvé également sur le sol de son bureau et sur ses chaussures. Au bout du compte, An ne pouvait pas faire grand-chose, à part attendre que tombe le verdict. Et elle n'eut pas à attendre très longtemps.

« Martin Harrison Reed Junior, je vous condamne à être exécuté par injection létale. »

La mort ! La sentence paraissait sévère – ou peut-être était-ce seulement qu'An avait fini par s'attacher à Martin ces derniers mois. Ils avaient passé tant d'heures ensemble, et pourtant elle avait encore l'impression de ne le connaître qu'à peine. Il était même allé jusqu'à essayer d'apprendre le hollandais (elle n'avait pas eu le cœur de lui dire que sa famille était en réalité originaire de la province de la Frise – le hollandais était déjà une langue difficile ; le frison l'aurait sans doute poussé au suicide). Très franchement – à condition de ne pas le regarder ni discuter avec lui pendant trop longtemps –, c'était plutôt un chic type.

Bien entendu, tout le monde au boulot avait commencé à se dire qu'An avait changé. Bruce avait été le premier à avoir des soupçons, remarquant qu'elle avait repassé sa chemise ou qu'elle s'était brossé les cheveux. On aurait pu croire que tous ces fins limiers de la police n'auraient aucun mal à repérer qu'An prenait soin de son apparence uniquement les jours où elle s'entretenait avec Martin Reed – et pourtant non. Cela dit, l'idée qu'elle puisse tomber amoureuse d'un futur condamné à mort (ça ne faisait le moindre doute pour personne) semblait absurde, il faut bien l'avouer.

Était-ce donc cela ? Était-elle tombée amoureuse ? Eh bien... peut-être. An tâta le terrain dans un premier temps, essayant de déterminer quel genre d'émotions cela lui inspirerait. Elle se fit livrer à elle-même des fleurs au bureau (ce qui avait provoqué un ramdam pas possible) et partit plus tôt un vendredi après-midi pour se préparer à « un dîner galant ». Clins d'œil, sourires, tapes dans le dos. Une partie d'elle-même était assez vexée qu'ils aient tous si facilement oublié Jill ; mais un jour, Doug, son patron, la convoqua dans son bureau et lui dit : « Tu sais, je suis content de te voir refaire ta vie. Jill aurait voulu que tu sois heureuse. »

An sentit les larmes monter.

« Alors ? demanda Doug d'une voix taquine. Comment s'appelle-t-elle, l'heureuse élue ?

— Mary, lui répondit An en se frottant la nuque comme elle avait naguère imaginé Jill le faire. Elle s'appelle Mary. »

Où Martin apprend le fin mot de l'histoire et découvre que le couloir de la mort peut se transformer en antichambre de l'amour

Assis à une table en plastique au parloir, Martin regardait sa mère se faire fouiller. Elle s'était lancée dans un bavardage ininterrompu tandis que les gardiens vérifiaient, en tâtonnant de leurs mains et de leurs matraques, qu'elle n'avait rien apporté d'illicite en douce. Elle avait dû dire quelque chose de drôle, car soudain ils éclatèrent de rire. Evelyn Reed était, de tous les visiteurs, la plus populaire. Non, mieux encore : elle était la plus populaire de toutes les mères de la nation ! Elle était passée sur tous les plateaux de télé et à la une de tous les journaux. Elle s'était transformée du jour au lendemain en véritable star. Même l'association des bénévoles de l'hôpital l'avait suppliée de revenir.

Un frisson traversa le parloir quand Evie se dirigea vers Martin. Certaines femmes levèrent le poing en signe de solidarité. D'autres la dévoraient des yeux avec admiration. D'autres encore profitèrent de ce moment de léger flottement pour passer la drogue qu'ils avaient dissimulée dans tel ou tel recoin de leur anatomie.

« Martin », appela Evie en agitant la main comme s'il ne l'avait pas vue. Elle semblait bien guillerette et en forme, ces derniers temps. Elle avait commencé à faire de la gym avec un entraîneur depuis qu'elle s'était vue dans l'émission d'Oprah Winfrey (« Pourquoi tu ne m'as pas dit que j'avais pris du poids ? »), et entre ses nouvelles activités sportives et les efforts culinaires de son chef personnel, elle avait réussi à perdre pas loin de quinze kilos. Le lifting et le Botox avaient fait le reste : à 63 ans, Evelyn Reed paraissait à peine plus âgée que son propre fils.

« Bonjour, maman.

— Oh, pourquoi es-tu toujours si pète-sec quand je viens te rendre visite ? râla-t-elle en sortant de son sac Prada un carnet et un stylo. Ce que tu peux me déprimer, toi alors...

— Je suis condamné à mort.

— Oh ça va, hein », s'énerva-t-elle. Il aurait juré qu'elle affectait un léger accent britannique. « Si tu savais comme j'ai mal aux pieds dans ces chaussures, continua-t-elle en lui montrant les talons aiguilles de dix centimètres de ses Jimmy Choo. Je les ai mises pour la *Matinale de Regis et Kelly* l'autre jour, et laisse-moi te dire, en sortant du plateau, j'aurais pu tuer quelqu'un ! » Un éclair malicieux passa dans ses yeux. « Façon de parler, bien entendu.

— Bien entendu. » Ils savaient tous deux ce qui s'était passé. Martin n'était pas idiot – du moins pas autant que sa mère le croyait. Il lisait des polars et des thrillers depuis toujours ; l'énigme n'était pas bien difficile à résoudre, en procédant simplement par élimination. Seules deux personnes auraient pu commettre ces crimes abominables – et Martin était bien placé pour savoir que ce n'était pas lui.

« Bon allez, au travail, dit Evie en écrivant sur une nouvelle page de son carnet "Chapitre douze" avec son stylo plume rutilant. Mon éditeur pense que nous devrions parler un peu plus de ton enfance, la période juste après la mort de ton père. Que tu continues aujourd'hui encore à te reprocher, c'est bien cela ? » demanda-t-elle d'une voix pleine d'espoir. Martin hocha la tête. « Et la fois où je t'ai surpris en train d'essayer mes sous-vêtements ?

— Mais ça n'est jamais arrivé ! s'étrangla-t-il, horrifié à l'idée que les autres détenus aient pu entendre. Tu ne peux pas écrire une chose pareille ! »

Un gardien surgit aussitôt. « Baisse d'un ton, Martin. »

Il acquiesça docilement, les mains serrées sous la table à s'en faire blanchir les phalanges. Ils étaient tous du côté de sa mère. Elle les avait complètement embobinés.

« Maman, commença Martin, pourquoi tu ne racontes pas toutes les fois où tu m'as acheté des vêtements trop grands, quand j'étais petit, pour qu'on se moque de moi à l'école ?

— Toutes les mères font ça, répliqua-t-elle avec un geste dédaigneux de la main (ongles parfaitement manucurés). Les gosses grandissent tellement vite qu'on ne peut pas suivre le rythme. »

Le gardien faisait les cent pas derrière Martin, rôdant autour d'Evelyn d'un air protecteur. Martin se tut. Il n'avait plus rien à dire sur le sujet. Inutile de discuter ; elle lui ferait remarquer que ce n'était pas sa faute s'il n'avait pas grandi. Les chaussures trois pointures trop grandes, les pantalons trop larges, les sous-vêtements pas assez serrés – elle se débrouillerait pour en imputer la responsabilité à Martin, et tout cela serait soudain sa faute.

« Et les hommes alors ? demanda-t-elle d'une voix pimpante. Tu as fait des rencontres intéressantes depuis que tu es ici ? »

Martin la regarda d'un air affligé, tandis que le gardien passait juste derrière lui.

« Eh bien quoi, j'essaie, Martin. Je fais tout ce que je peux. Je viens te rendre visite. Je te parle. J'essaie d'apporter un peu de joie dans ta vie... » Elle attendit que le gardien se soit éloigné pour se pencher vers son fils et poursuivre d'une voix à présent sifflante : « Écoute-moi bien, espèce de petit con. Si t'es si mal ici, t'as qu'à leur dire la vérité. C'est ça que tu veux ? Tu crois qu'elle continuerait de s'intéresser à toi, ton inspectrice chérie, si elle savait que t'étais qu'un pauvre schnock incapable de faire du mal à une mouche et... et bien sûr que je t'aime, Martin. Jamais je ne pourrais te haïr. Je hais les crimes que tu as commis, mais tu seras toujours mon fils. »

Martin soupira. Le gardien était revenu. Il attendit qu'il s'éloigne à nouveau puis se pencha à son tour vers sa mère : « Dis-moi comment t'as fait, murmura-t-il. Je t'ai pourtant vue au lit quand je suis rentré du salon de massage cette nuit-là.

— Massage ? » Elle frisa de l'œil – son cerveau voulait ordonner à ses sourcils de se dresser, mais le nerf était paralysé par le Botox. « Tu appelles ça comme ça, toi ? Un massage ? »

Un sourire narquois (quoique presque imperceptible à cause du lifting) se dessina sur les lèvres d'Evie. Le garde passa, s'éloigna. « Des oreillers. C'est des oreillers que tu as vus. »

Martin se pencha vers elle. Evie n'avait encore jamais rien avoué ; il voulait battre le fer tant qu'il était encore chaud. « Et quand je suis rentré du boulot ? Tu m'as dit que tu avais une migraine.

— Ton père s'est lui aussi toujours laissé berner par celle-là, ricana-t-elle. J'ai mis la Cadillac au point mort et je l'ai poussée pour sortir de l'allée sans faire de bruit.

— D'accord, mais comment tu as *fait* ? » répéta Martin dans un murmure insistant. C'était là que le scénario coinçait dans son imagination. Que sa mère ait pu se rendre seule en voiture aux bureaux de Super Sanitaires, passe encore ; mais avoir le dessus sur Unique ? Ça, c'était inconcevable. Sa secrétaire, paix à son âme, était bien trop maligne.

Evie soupira, reboucha son stylo et regarda du côté du gardien ; il parlait à un autre prisonnier. « Elle n'avait qu'à pas être là quand je suis arrivée. Elle était en train de mettre des cartons dans le coffre de sa voiture. »

Martin, repensant aux affaires que Unique avait volées au bureau, ne put s'empêcher de hocher la tête d'un air réprobateur.

« Je lui ai demandé de m'accompagner jusqu'aux toilettes. Je suis une vieille dame, tu sais. J'ai besoin qu'on m'aide, de temps en temps, ajouta-t-elle avec un clin d'œil – petit effet de coquetterie dont, songea Martin, elle aurait pu se dispenser. Une fois à l'intérieur, j'ai laissé tomber une pièce de monnaie “par inadvertance” et fait semblant de ne rien remarquer. Et quand elle s'est baissée pour la ramasser, je l'ai assommée avec le désodorisant mural.

— Hmm », fit Martin. Voilà ce qui s'appelait un parfum fatal. « Et le manche à balai ?

— Il fallait que ça ait l'air d'un meurtre sadique, Martin. Le côté sexuel – c'est ça qui vend. Et puis, qui aurait jamais pu se douter que tu venais de coucher avec elle ?

— Je sais, moi aussi je n'en reviens toujours pas, reconnut-il. Mais – et Sandy ? Qu'est-ce qu'elle t'avait fait ?

— Qui a gravé le mot "trouduc" sur ta voiture à ton avis ? »

Martin sursauta. « C'était *Sandy* ?

— Mais non, triple buse, c'était moi – même si c'est quelque chose qu'elle aurait pu faire, je te l'accorde. »

Pas faux. Sandy pouvait avoir tendance à dépasser les bornes, parfois.

« C'est juste que... continua Evie en secouant la tête, la voix un peu étranglée à présent. Martin, je voulais juste que nous ayons une vie meilleure, toi et moi. Je voulais que tu t'affirmes un petit peu. Je me suis dit que cette inscription sur la portière de ta voiture te pousserait peut-être à... » Elle fut soudain incapable d'aller plus loin. Martin lui prit la main. « Tu n'as pas idée combien c'est difficile d'élever un enfant toute seule, poursuivit-elle. J'ai l'impression de n'avoir pas pu te donner ce dont tu avais besoin. Dis-moi ce que j'ai fait de mal ! Dis-moi comment t'aider à te soigner ! »

Martin se rendit compte que le gardien était revenu. Il lâcha la main de sa mère.

Evie sécha ses larmes au coin des yeux avec son mouchoir et sourit au garde jusqu'à ce qu'il parte. « Je me suis dit que tu allais peut-être avoir des couilles, pour une fois dans ta vie ! postillonna-t-elle. Que tu allais enfin *agir* et faire quelque chose de cette petite existence pathétique et misérable qui est la tienne – mais *noooon*, tu t'es contenté de gémir, évidemment. "Ouin ouin, quelqu'un m'a abîmé ma voiture, pauvre de moi, personne ne m'aime !" Si tu t'étais décidé à affronter Sandy, nous n'en serions pas là.

— Mais tu es cinglée ! L'affronter alors que c'était toi la responsable ?

— Elle aurait peut-être compris en tout cas qu'elle ne pouvait plus se foutre de toi en permanence. » Evie baissa la voix. « Tu ne comprends jamais rien, Martin. »

Ses attaques commençaient à l'atteindre. « Qu'est-ce que je ne comprends pas ?

— Ça ne t'a jamais effleuré l'esprit que je t'ai peut-être rendu un grand service en la supprimant ? Ça n'a pas été facile d'entrer en contact avec elle, tu sais. Il a fallu que je fasse semblant d'avoir trouvé de la drogue dans ton tiroir à chaussettes.

— De la drogue ?

— C'était une junkie, dit Evie en haussant les épaules.

— Sandy ? » Martin fronça les sourcils. Il n'aurait jamais cru.

« Bref, aucune importance, dit Evie d'un ton sec. J'ai fait tout ça pour nous, Martin, pour nous donner une nouvelle chance. C'est pour toi que je lui ai ratatiné la cervelle, mon chéri. Je lui ai roulé dessus trois fois avec ta voiture. Un passage pour chacune des décennies pendant lesquelles elle n'a cessé de t'humilier. »

Le calcul était juste, mais Martin secoua la tête. « Tu n'as jamais rien fait pour *moi*. Tu voulais qu'il arrive un drame pour jouer à la victime. Hélas, je ne suis pas homosexuel ni myopathe, alors tu as trouvé une autre solution : commettre un meurtre. *Deux* meurtres.

— Martin.

— A la seconde où ils m'ont arrêté, tu t'es ruée sur ton téléphone pour appeler l'Association des Familles de Criminels Dangereux.

— Les gens de l'AFCD ont été très gentils avec moi et je te prierais de ne pas en dire du mal, répliqua-t-elle. Et puis arrête de te plaindre : j'aurais très bien pu te faire quelque chose à *toi*. Tu as déjà pensé à ça, hein, monsieur le petit génie ? J'aurais pu t'empoisonner. Te poignarder. » Elle n'attendit pas sa réplique – ce qui n'était pas plus mal, vu qu'il n'en avait aucune. « J'aurais pu t'assommer, te lobotomiser avec un pic à glace ou te passer sur les jambes avec une tondeuse à gazon. » Elle était manifestement un peu énervée. « Tu ne comprends donc pas, Martin ? Tu ne vois pas que tout est pour le mieux maintenant, parce que ça va nous permettre *à tous les deux* de rebondir ? »

Martin leva les mains. « J'abandonne. J'en peux plus.

— Mais c'est quoi ton problème ? murmura-t-elle d'une voix rauque. Tu ne piges donc pas ce truc tout bête ?

— Quel truc tout bête ?

— Est-ce si horrible d'être entouré ? D'être aimé ? Ce n'est pas pour ça que tu t'entêtes à faire des aveux fictifs, peut-être ? Pour que cette fille, An, continue à venir te voir et à t'interroger ? »

Martin croisa les bras sur sa poitrine et tourna la tête.

« Tu te la coules douce ici, mon fils. Tu passes tes journées à lire, à épousseter la bibliothèque du gardien-chef. Les autres te respectent, pour une fois dans ta vie. »

Sur ce dernier point, elle n'avait pas tort, il était bien obligé de le reconnaître. Martin était dans le couloir de la mort. On ne lui cherchait plus de noises (on ne recherchait pas non plus ses faveurs sexuelles, d'ailleurs, ce qui n'était ni dommage ni surprenant).

« Tu t'es trouvé une bonne petite planque, insista Evie. Bien plus confortable que si tu vivais encore à la maison. »

Il secoua la tête, reprenant ses esprits. « Arrête un peu, maman. On sait qui c'est, le vrai bénéficiaire de toute cette opération. Je t'ai vue dans l'émission *People à la Une* boire du champagne dans la villa de George Clooney. »

Elle lissa sa jupe en cachemire et en retira du bout des ongles deux ou trois peluches imaginaires. « Ne me dis pas que tu ne profites pas de ta situation.

— Au moins je fais quelque chose de bien, moi », répliqua Martin. Certains des crimes dont il s'était accusé restaient inexpliqués depuis des années. Il avait lu, dans le magazine *People*, que la mère d'une de ses « victimes » avait déclaré, sur son lit de mort : « Au moins, à présent, je sais. » Allait-on reprocher maintenant à Martin de ne *pas* avoir violé et tué la fille de cette pauvre femme ? Était-ce sa faute à lui s'il n'était pas coupable de ce crime ? Était-ce sa faute s'il ne pouvait s'empêcher d'avouer tout et n'importe quoi pourvu que son Anther chérie continue de venir le voir ?

Eh oui. *Telle est la question.*

« Martin ? » Evie claqua des doigts sous son nez. Elle avait remballé carnet et stylo. « Je dois y aller. J'ai rendez-vous avec les producteurs du film. »

Martin fit la moue. Il n'était pas d'accord pour que ce soit Philip Seymour Hoffman qui l'incarne à l'écran.

« Oh je t'en prie, hein, pas de grimaces. Phil est un garçon charmant. Et maintenant, dit-elle en se levant, fais un gros poutou à ta maman. »

Il fronça les lèvres et elle lui frôla les joues, d'assez près pour qu'on croie à un minimum d'affection.

« Je te revois le mois prochain. » Elle agita un doigt en signe d'avertissement. « Et tu as intérêt à avoir plein de bonnes histoires à me raconter. Des fantasmes obscurs. Des pensées incontrôlables. Des débordements de haine enragée. Tu vois le genre. »

Martin leva les yeux au ciel. Bob, l'un des gardiens qu'il préférait, s'approcha. Martin tendit les mains, mais au lieu de lui remettre les menottes, Bob dit : « Tu as de la visite.

— An est ici ? » Martin sentit son cœur s'affoler dans sa poitrine. « Elle ne m'avait pas dit qu'elle venait aujourd'hui.

— Ils ont retrouvé un nouveau cadavre, dit Bob. Trente-quatre ans, prostituée, droguée aux amphètes.

— Oh, je vois », murmura Martin. Il s'était récemment spécialisé dans l'aveu des meurtres de prostituées, ayant découvert que ce genre de victimes avaient en général très peu de contacts avec leurs familles, ce qui lui facilitait la tâche pour inventer une histoire de toutes pièces. « Sur Madola Road ?

— Non, Abernathy, dit Bob. Bon sang mais comment tu peux être aussi tordu, mon vieux ?

— Je n'y peux rien, Bob, fit Martin en secouant la tête. J'ai ces pulsions, c'est plus fort que moi.

— Pourquoi avec une corde ? »

Martin chercha une explication. « Euh... Mon père était marin, il aimait bien faire des nœuds. »

Bob soupira devant tant de dépravation. Martin savait qu'il était en train d'écrire un bouquin sur le sujet (étonnant, le nombre de personnes qui voulaient être écrivains). Chacun y trouvait son compte, cela dit : Bob s'était branché sur la fréquence radio de la police, et il était bavard. Martin n'avait aucun mal à récolter grâce à lui tous les éléments dont il avait besoin pour étayer ses aveux.

« Allons-y. » Bob prit Martin par le bras et l'emmena dans la salle des visites privées, réservée aux entretiens entre les prisonniers et leurs avocats – et les charmantes inspectrices de police ! Martin sentit son pouls s'accélérer. Il retint sa respiration quand la porte s'ouvrit et qu'il aperçut An, assise à la table. Elle portait une robe d'un jaune éclatant. Ses cheveux étaient ramenés en un chignon sexy en diable.

Martin voulut la complimenter sur sa mise et l'impressionner par ses progrès en hollandais : « *Het meisje draagt een geile jurk !* »

Elle lui lança un regard tellement affligé qu'il se demanda tout à coup si sa mère n'avait pas réussi, par on ne sait quel miracle, à lui laisser une grosse trace de rouge à lèvres sur la joue sans même le toucher.

« Asseyez-vous, Mr Reed. »

Il obéit.

« Nous avons trouvé le corps d'une victime.

— Prostituée, enchaîna Martin. Droguée aux amphètes.

— Elle était à moitié enterrée près de...

— Abernathy Road, compléta-t-il. Vous avez changé de coiffure ? »

Elle porta une main timide à son chignon. « Nous avons retrouvé une...

— Corde », dit-il. Toujours le même interminable interrogatoire. « Racontez-moi un peu votre journée.

— Ma journée ? » répéta-t-elle d'un air ahuri en laissant sa main tomber sur la table. Martin aurait voulu tendre la sienne et la caresser tendrement, mais la seule fois où il avait essayé, An avait menacé de sortir son Taser.

Martin parla sans ambages – la prison l'avait rendu intrépide. « Vous savez que je suis fou amoureux de vous. »

Elle laissa échapper un petit rire navré. « L'amour ne paie pas le loyer.

— *Ik wil de hoer graag betalen!* s'écria-t-il avec enthousiasme.

— Mr Reed, soupira-t-elle.

— Je vous le paierais tous les jours, votre loyer! répéta-t-il cette fois en anglais (il ne maîtrisait pas encore très bien le conditionnel en hollandais). Oh, An, je vous adore, vous le savez ! »

Les joues de la jeune femme rosirent très légèrement. Il y eut un moment de gêne. Puis un autre. Suivi d'un autre encore. Cinq bonnes minutes passèrent ainsi avant qu'elle lui demande : « Vous avez lu ce bouquin que je vous ai donné ?

— Le Danielle Steel ? » Martin n'avait jamais été très fan des romances à l'eau de rose, et la prison n'était pas le lieu idéal pour développer le côté féminin de sa personnalité. « Oui, bien sûr que je l'ai lu. Vous savez bien que je ferai toujours tout ce que vous me demandez.

— Elle a épousé un détenu, vous savez. »

Martin ne se souvenait absolument pas de ce détail dans le livre. « Mais non, voyons, corrigea-t-il gentiment. Marie-Ange est déjà mariée depuis longtemps au Comte de Beauchamp quand elle commence à le soupçonner d'avoir tué le...

— Non, Mr Reed. Danielle Steel. L'auteur. C'est elle qui a épousé un détenu. Deux, même. » An tripota ses dossiers, essayant d'éviter le regard de Martin. « Danny Zugelder d'abord, et ensuite elle s'est remariée, dès le lendemain de son divorce, avec William George Toth.

— Eh bien voilà qui est curieux, se dit Martin qui se demandait bien comment Danielle Steel, avec sa vie de jet-setteuse impénitente, avait trouvé le temps de rencontrer des prisonniers. Je parie que sa mère ne devait pas être très ravie.

— Peut-être que si, dit An en se lissant une mèche de cheveux dans la nuque. Peut-être que sa mère a dit quelque chose du genre : “Tout ce qui m’importe, c’est ton bonheur.” »

Martin avait entendu cette phrase exacte un nombre incalculable de fois dans la bouche de sa mère, mais la plupart du temps, cela signifiait surtout : « Fais ce que je te dis, espèce de débile. »

« J’imagine que sa mère devait être heureuse de savoir que sa fille était amoureuse, continua An.

— Oui, sans doute », répondit Martin sans y croire une seule seconde. Pour sa part, il n’aurait rien trouvé à redire si sa mère s’était mise en ménage avec un tueur psychopathe, mais si c’était quelqu’un qu’il aimait pour de vrai – Anther, par exemple –, ça ne lui aurait certainement pas plu...

Martin s’éclaircit la voix et rajusta le col de sa blouse de détenu. « Se marier, vous dites ? »

An hocha la tête et feuilleta ses dossiers pour la centième fois. Il entrevit la photo d'une femme décapitée dans un fossé et détourna vite les yeux. (Le passage en revue des photos de scènes de crime étaient toujours la partie la plus éprouvante de ses aveux.)

« Et comment ça marche, exactement ? demanda Martin.

— Eh bien, j'imagine que c'est le prêtre de la prison qui officierait...

— Oui, j'imagine », acquiesça Martin qui se représentait déjà le tableau. An, resplendissante dans sa robe blanche. Il pourrait trouver du riz à la cantine (ou peut-être devrait-elle en apporter de chez elle ; le gang latino qui tenait la cantine n'était pas vraiment connu pour ses largesses. Gare à vous si vous vous avisiez de demander du rab de frites. Alors un sac de riz, on allait tout droit à l'émeute et à la mutinerie !).

« Martin ? »

Il laissa passer quelques secondes avant de répondre. An utilisait rarement son prénom ; chaque fois, il essayait de profiter au maximum de ce moment délicieux comme si c'était le plus précieux de toute son existence. Ce qui était le cas, d'ailleurs. Et si abominable que fût sa mère, elle avait raison sur un point : Martin était bien plus heureux en prison qu'il ne l'avait jamais été sous son toit. Sa nouvelle réputation d'assassin lui attirait une forme de respect. Il avait ses livres. Il avait un boulot. Et maintenant... Était-ce possible ? Le rêve devenait-il réalité ? Avait-il dans sa vie... pour de vrai... Anther ?

« Vous savez que je ne sortirai jamais d'ici, n'est-ce pas ? lui rappela Martin.

— Je sais, dit-elle en souriant, la tête baissée.

— Même si ma peine est commuée, jamais je...

— Je sais, répéta-t-elle en le regardant droit dans les yeux cette fois. Vous ne serez jamais libre. Vous ne pourrez jamais me toucher, être avec moi, ou... Nous ne pouvons pas réellement nous marier, Martin. Pas officiellement.

— Oui. » Il voyait bien la situation. An était dans la police, et Martin était un meurtrier multirécidiviste. Ils étaient comme les chiens et les chats, ou le jour et la nuit. Trop de choses les séparaient. Rien que pour le riz, ce serait un cauchemar à organiser.

An continua de sa voix la plus douce et mielleuse : « Personne ne devra rien savoir de nous deux, Martin. Presque comme si vous étiez un pur produit de mon imagination... » Elle avait rougi à nouveau, de cette jolie teinte rosée qui noyait les petites traces d'eczéma hivernal au bord de ses narines. « Est-ce clair, Martin ? Vous comprenez ce que je suis en train de vous dire ?

— *Ja* », répondit-il. Et c'était vrai. Martin, cette fois, avait compris. Enfin.

TABLE

Cet ouvrage a été imprimé par

CPI
Firmin Didot

Mesnil-sur-l'Estrée

pour le compte des Éditions Grasset
en avril 2009

Imprimé en France
Dépôt légal : avril 2009
N° d'édition : 15741 – N° d'impression : 94827